Universidad Bragan, Libro 1

esperando por ti

AUTORA BESTSELLER DEL USA TODAY

GIANNA GABRIELA

CRÉDITOS

Esperando por ti

Universidad Bragan, Libro 1

Copyright © 2021 Gianna Gabriela

ISBN E-book: 978-1-951325-36-7

ISBN Paperback: 978-1-951325-37-4

Diseño de portada: Y'all that Graphic

Traducción: Daisy Services for Authors

DEDICATORIA

Espero que estén listos para una nueva aventura.

Cariñosamente,

Gianna

PRÓLOGO

MIA COLLINS

—¡DÉJAME EN PAZ! —ESCUCHÉ A ALGUIEN GRITAR, SU VOZ es tan fuerte que me desperté asustada, mi corazón latía fuera de mi pecho. Salí corriendo de la habitación, arrastrándome lentamente por las escaleras. Cuando me acerqué al último escalón, escuché sollozos seguidos del sonido de vidrios al romperse. Al principio, creí que era un intruso, pero cuanto más me acercaba, más familiares se volvían las voces. Me dirigí hacia la cocina y, cuando llegué, vi a mi madre de pie junto a la encimera de la cocina con el pijama que se había puesto después de la cena. Sin embargo, no estaba sonriendo como lo había hecho unas horas atrás. Las lágrimas surcaban sus mejillas. Parecía cansada, tanto física como emocionalmente.

Frente a ella, estaba mi padre. Él estaba vestido con una camisa de botones que se había sacado de sus jeans azul oscuro. En el suelo, entre ellos, había trozos de vidrio rotos. Incluso desde donde estaba parada, pude reconocer la etiqueta—Jack Daniels—en lo que quedaba de la botella. Que yo supiera, mis padres nunca habían peleado antes, y verlos me pareció como si estuviera viendo a extraños, no a mis padres. Sentí que algo se estaba rompiendo, y no fue la botella en el suelo...

COLTON HUNTER

NO PODÍA CREER QUE DEJÉ MI COMPUTADORA PORTÁTIL EN casa. Al menos ahí es donde supongo que estaba. El último lugar donde vi esa maldita cosa fue en mi habitación. Ayer, había empacado todo y me mudé temprano a la casa de la fraternidad debido a que el entrenamiento comenzaba antes de las clases.

Necesitaba mi computadora para terminar una tarea para el curso de estudios independientes en el que me inscribí este verano. Es para estudiantes avanzados y decidí tomarlo porque pensé que quedaría bien en mi expediente académico y ayudaría con las solicitudes para la escuela de posgrado si el fútbol no funcionaba.

Rápido, pensé en quién me lo podría traer para no tener que conducir de regreso a casa. Los gemelos, Nick y Kaitlyn, quienes jugaban fútbol y voleibol, ya se habían mudado, así que no eran opciones viables. Marqué el número de mi papá, pero colgué casi de inmediato cuando recordé que él estaba en la oficina, como siempre, así que decidí llamar a mamá. El teléfono sonó hasta que saltó su buzón de voz. Sabiendo que probablemente ella estaba en el club de campo planeando algún evento de caridad, su nuevo pasatiempo, colgué y decidí ir por la computadora yo mismo, incluso si estaba un poco cerca de llegar tarde al entrenamiento.

Quince minutos después, yo estaba en casa. Entré a la casa y corrí hasta mi habitación, donde inmediatamente vi mi computadora portátil. La agarré y el cargador también, luego miré a mi alrededor para asegurarme de que no había olvidado nada más. Después de verificar todo mentalmente, cerré la puerta y me dirigí por el pasillo hacia las escaleras. Cuando me acerqué a las escaleras, escuché un sonido procedente del dormitorio de mis padres. Seguí caminando, pero me detuve cuando escuché la voz de un hombre; el tono y el timbre no sonaba como el de mi padre. Me empezó a doler el estómago. Algo malo estaba a punto de suceder. Podía sentirlo en las tripas. Dejé escapar un suspiro, empujé un pie delante del otro, entré en la habitación de mis padres y no pude borrar de mi cabeza lo que vi...

1

MÍA

Un año después

—MIA, DATE PRISA O LLEGAREMOS TARDE —ME GRITA MI
compañera de apartamento, Kiya, a través de la puerta
del baño. Aunque puedo decir con seguridad que
después de pasar todo el verano viviendo con ella, se ha
convertido en más que mi compañera de apartamento, es
mi mejor amiga. Después de transferirme a la Universidad Bragan desde California en junio, me mudé a los
dormitorios para tomar algunas clases de verano.

Fue entonces cuando conocí a Kiya por primera vez.
Entró en la habitación, anunció que era mi compañera de
apartamento y que "íbamos a ser las mejores amigas".
Pensé que ella estaba bromeando, pero después de unos
días de compartir el espacio con ella, me di cuenta de que

no. Aunque ella tenía razón; ella se convirtió en mi mejor amiga.

—¡Mía, apura!

Mierda.

—¡Me estoy alistando! —Grito—. Uf, ¿por qué acepté salir contigo hoy?

—¡Porque sobreviviste a tu primer semestre en Bragan! —Kiya contesta—. Y has estado arrasando todo este verano, así que vamos a celebrar. Nos vamos de copas y tal vez encontremos a algún chico guapo que nos termine de alegrar la noche.

Parece que ya ha empezado a beber, pero no voy a decir nada. Ella se merece un descanso después de trabajar tan duro para ponerse al día con las clases. No he sido la única en atacar los libros este verano.

Me apresuro a prepararme, corriendo hacia mi armario para agarrar mi short de mezclilla favorito. No son nada elegantes, pero me hacen sentir cómoda. Todavía hace calor afuera, así que me pongo unas sandalias negras y una camiseta negra sin mangas. Me miro en el espejo y creo que me veo bien, pero cuando Kiya sale del baño, puedo ver por su expresión que no. Sus ojos viajan desde el moño desordenado en la parte superior de mi cabeza hasta mis pies. Sé que desaprueba lo que llevo puesto, pero no me importa. Estuve de acuerdo en salir, pero nunca estuve de acuerdo en disfrazarme de otra persona.

Kiya, por otro lado, se ve preciosa. Lleva pantalones de cuero y una camiseta negra con hombros descubiertos. Sé que terminaré regresando al dormitorio sola. Estoy un poco celosa de que Kiya, a diferencia de mí, haya heredado la piel más oscura de su padre, mientras que yo solo heredé un bronceado casi permanente.

—¿Eso es lo que te vas a poner? —finalmente me dice.

—Sí. Te dije que iba al estúpido bar, pero nunca dijiste nada sobre un código de vestimenta.

Suspira derrotada.

—Bueno, ya vámonos. El Uber ya está afuera.

Me las arreglo para agarrar mi bolso antes de que Kiya me saque de la habitación. Esta noche es una de las últimas que pasaremos en este dormitorio. Tenemos visto un estudio y finalmente nos mudaremos el primero de septiembre.

Para cuando el Uber finalmente se detiene frente al bar, Eclipse, empiezo a sentirme muy incómoda. Puedo ver carros estacionados alrededor del edificio. Este lugar está claramente lleno, y la idea de caminar allí entre el gentío me abruma. Las clases y el dormitorio son donde he pasado mis veranos. Los bares, las fiestas y los grupos grandes me aterrorizan. Aun así, me trago mi miedo.

Un día haciendo algo diferente no me matará.

Antes de que pueda dudar mi decisión, una vez más, Kiya guía por dónde ella quiere. Está un poco ansiosa por entrar y casi se encuentra con el portero en el proceso. Pide nuestras identificaciones, y como solo tengo veinte años, le doy la identificación falsa que Kiya me hizo obtener hace unas semanas. Ella le entrega la suya, pero no tiene nada de qué preocuparse porque ella tiene veintiún años. Él inspecciona las identificaciones y luego nos mira directamente. Mi estómago se hunde y el miedo de que nos atrapen se apodera de mí. Devuelve las identificaciones y nos hace un gesto para que entremos.

Tan pronto como entramos, Kiya desaparece de mi lado. Supuse que lo haría, pero esperaba que al menos tuviéramos una copa en la mano antes de que ella lo hiciera. Creo que estaba equivocada.

Miro alrededor del lugar, observando lo que me rodea. Me gusta estar atenta, especialmente cuando estoy en un lugar desconocido.

En el medio hay una pista de baile que es demasiado pequeña para la cantidad de personas que bailan en ella. No hay DJ, pero hay grandes parlantes en diferentes lugares del techo. La música es tan fuerte que apenas puedo escuchar mis propios pensamientos. Kiya mintió al decirme que esto era un bar, ya que definitivamente es un club nocturno. Por supuesto, mi compañera de apartamento habría sabido que rechazaría una invitación a un club nocturno al instante. Pongo los ojos en blanco, decepcionada de mí misma por haberme creído la mentira.

Me muevo más adentro de Eclipse y me dirijo a la barra. Me quedo allí unos veinte minutos antes de que finalmente capte la atención de uno de los barman. Le pido un ron Malibú con Coca Cola. Nunca he bebido mucho, pero esa es la bebida que recuerdo que tomaba mi mamá cuando salíamos a comer. Además, sé que Kiya se enojará conmigo si no pruebo ni una gota de alcohol. Si voy a pagar por una bebida, bien podría ser una que mi madre haya disfrutado.

Después de beberme un segundo trago, veo a Kiya. Ella está en medio de la pista de baile, bailando con un chico que parece disfrutarlo muchísimo. Sus manos bajan por sus caderas mientras las balancea al ritmo de la música. La envidio a veces. A ella no le importa que se caiga el mundo a pedazos, es intrépida y segura de sí misma. Ella se asegura de ser siempre ella misma independiente- mente de lo que puedan pensar los demás. Pero sé que no puedo ser como ella, porque no soy así, no está en mi ADN. Me gustaría pensar que no me importa lo que piensen los demás, pero en el fondo sé que sí.

En un intento de ahogar mis pensamientos, miro mi telé- fono, lo cual es gracioso porque aparte de Kiya, no hay nadie más con quien hablar. Nadie más tiene mi número. Llevo uno con el único propósito de llamar a emergen- cias. Miro la hora y me doy cuenta de que he estado sentada aquí durante dos horas, aunque se me han pasado rapidísimo. Por suerte para mí, nadie se me acerca ni intenta siquiera iniciar una conversación. Es como si fuera invisible, lo cual está bien. Lo prefiero de esta manera.

Guardo mi teléfono y empiezo a mirar alrededor de nuevo, buscando a Kiya. Se ha movido a una esquina y está coqueteando con tres chicos. Uno tiene sus manos envueltas alrededor de su cintura, mientras que los otros dos se ríen. No puedo decir lo que se está diciendo, pero debe ser una historia increíble. Sigo mirando a mi alrededor, no por nada en particular, solo para asimilarlo todo. Mis ojos se detienen en una chica lo suficientemente bonita como para ser modelo. Parece medir alrededor de más de metro ochenta con cabello rubio como la pelusilla del maíz que cae suavemente por debajo de sus hombros. Su minifalda negra hace que sus piernas largas y musculosas se vean aún más atractivas. También lleva un top corto rojo y su look se completa con un lápiz labial rojo y ojos ahumados.

Cuando intenta llegar a la pista de baile, comienza a tambalearse. Probablemente esté borracha como todos los demás aquí. Todos menos yo. Se acercan dos chicos, ambos elevándose sobre ella. Bloquean su camino y comienzan a tocarla. Uno la agarra por detrás y el otro se acerca a su cara. Están demasiado cerca de ella y ella se siente visiblemente incómoda. Ella trata de empujar al que está frente a ella, tratando de que deje de bloquear el camino, pero sus esfuerzos no tienen éxito. No está lo suficientemente sobria ni lo suficientemente fuerte para tener éxito. Nadie se apresura a ayudarla, por lo que está sola o sus amigos no le prestan atención. Hay demasiada gente en Eclipse, pero todos están demasiado ocupados ocupándose de sus propios asuntos. O no se han dado cuenta o no les importa lo suficiente como para hacer algo, pero por alguna razón yo sí.

Pero ¿cómo puedo ayudarla? Soy una chica bajita de ciento veinte libras. No puedo pelear con estos tipos. Sin embargo, me están cabreando al mirar a esta chica como si fuera su presa, su cena. Aun así, no puedo dejar que estos chicos se aprovechen de ella. Mis pies comienzan a moverse. Con cada paso que doy, me susurro a mí misma —: Puedes con esto, Mia.

—¡Oye! —Les grito a los dos idiotas que ni siquiera se dan cuenta de que estoy aquí. Sin embargo, la chica me mira y puedo ver la súplica en sus ojos. Tiene miedo y buenas razones para ello.

—¿Hola, puedes escucharme? —Levanto la voz y agito los brazos, mientras me aseguro de irradiar una confianza que ciertamente no siento.

—¿Quieres participar en algo de la acción? —pregunta uno de los idiotas. Se vuelve para mirarme, agachando la cara para mirarme a los ojos. Sus pupilas están dilatadas y sus ojos enrojecidos. Sí, tienen que haberse metido en algo.

Decido cambiar mi enfoque. Mientras me preparo para ejecutar mi nuevo plan, soy empujada y metida por otros que se mueven en la pista de baile. Después de empujar y meter a otros fuera de mi camino, finalmente los alcanzo y, en lugar de tener una batalla total con estos chicos en medio de la pista de baile, agarro la mano de la chica y la arrastro afuera.

—¡Detente! —La chica me grita mientras trata de soltar su brazo de mi agarre. Paramos en el estacionamiento al lado del bar y suelto mi agarre en su brazo.

—¿Quién diablos te crees que eres? —pregunta mientras me mira. No siento una pizca de gratitud por su parte, aunque estoy bastante segura de que acabo de evitar que la atacaran.

—¿Puedes hablar? —exige airadamente.

No sé cuál es su problema conmigo, pero su tono está empezando a molestarme.

—Puedo hablar, y no creo que sea yo a quien deberías estar gritando ahora considerando que te acabo de ayudar —le digo, mirándola directamente a los ojos. Por un breve segundo, me pregunto si debería haberme molestado siquiera en ayudarla. Sacudo ese pensamiento de mi mente de inmediato. Nadie merece ser agredido.

—¿Ayudarme? —balbucea—. ¡Qué... Por qué... no necesitaba tu ayuda!

Casi pierde el equilibrio, solo se agarra a sí misma justo antes de golpear el suelo. No estoy segura de si está demasiado borracha o ingenua para darse cuenta de lo que le pudo haber pasado esta noche.

No digo nada en respuesta. Sé que tengo que llevarla a casa. Ella es vulnerable y alguien más podría aprovecharse de ella.

—¡Desaparecida en combate! —Escucho a Kiya decir detrás de mí—. ¿Qué pasó? Estaba bailando y cuando miré a mi alrededor para que te presentara a algunos chicos, estabas sacando el culo del bar con algunos...

Antes de que Kiya pudiera terminar su oración, se detiene y mira a la chica, luego me mira a mí. Sus ojos se abren y me doy cuenta de que conoce a esta chica.

—¿Mia, por qué sacaste a Kaitlyn Hunter del bar? —Esta vez me habla con un tono diferente; tiene curiosidad.

—Algunos idiotas estaban tratando de aprovecharse de ella. Está borracha, así que la saqué —le explico a regañadientes.

—No estoy borracha —dice Kaitlyn. Kiya y yo nos volvemos para ver a Kaitlyn agarrarse el estómago. Ella se inclina y comienza a vomitar. Genial. Esta noche pasó de alegre a inquietante.

Observamos a Kaitlyn con atención, esperando a que deje de vomitar. Ella levanta la cabeza después de terminar y puedo ver el alivio en sus ojos. Supongo que sacar algo de alcohol de su sistema le ayudó.

—¿Dónde están sus amigos? —pregunta Kiya, haciéndose eco de la pregunta que me hice antes.

Me encojo de hombros y respondo—: Creo que vino sola. No vi a nadie con ella ni a su alrededor. Y si vino con alguien, ya se habrá ido.

Kiya se ve perpleja por un momento antes de negar con la cabeza.

—Tenemos que conseguir que alguien venga por ella —dice y yo asiento con la cabeza. Kiya se vuelve hacia Kaitlyn y le pregunta por su teléfono. Después de que Kaitlyn se lo entrega, Kiya dice que llamará al hermano de Kaitlyn. Kaitlyn palidece ante la idea, pero Kiya ya está buscando a través de los contactos. Antes de que pueda preguntarle a Kiya cómo conoce al hermano de la chica, Kiya me agita el teléfono y se lo pone en la oreja.

No puedo escuchar lo que Kiya está diciendo mientras está hablando por teléfono porque ahora estoy demasiado ocupada reteniendo los mechones rubios de Kaitlyn mientras ella continúa vaciando el contenido de su estómago. Estoy tan asqueada que casi me uno a ella. Me prometo a mí misma que nunca seré la chica que se emborracha tanto.

—Está en camino —dice Kiya mientras se une a nosotras en la acera. Kaitlyn ha dejado de vomitar, pero necesita una ducha y dormir. La veo sentada encorvada en el suelo, con la cabeza apoyada en las rodillas. No le queda lucha en ella. Ella está lista para irse a casa. Y honestamente, yo también.

COLTON

—¿Me estás tomando el pelo? —pregunto en voz alta cuando me despierta el timbre de mi teléfono. Intento mantener mis ojos abiertos y miro el despertador en mi mesita de noche. Son casi las dos de la mañana. Me froto los ojos, me levanto de la cama y agarro mi teléfono. Miro la identificación de la persona que llama y veo que es Chase. Sé que algo anda mal porque si alguien sabe que no debe despertarme, es mi mejor amigo.

—¿Qué quieres, Boulder? —exijo. Los muchachos habían salido esta noche, pero yo estaba agotado por los entrenamientos extra y por terminar una tarea, así que decidí quedarme en casa.

—¡Colton, necesitas venir ahora mismo! —Chase responde con seriedad.

Salto de la cama y empiezo a buscar algo de ropa.

—¿Dónde estás? ¿Qué está pasando? —Me pongo la sudadera y busco unos pantalones.

—Es Nick —dice Chase. Esas palabras son como un balde de agua fría. Estoy alerta ahora. Siento que se me endurece la mandíbula y empiezo a preguntarme qué le habrá pasado a mi hermano. Siempre se mete en problemas y tengo que sacarlo de ellos. Soy su hermano mayor. Soy yo quien lo cuida, pero maldita sea, a veces me cansa.

—¿Estás esperando una invitación para continuar? —Chasqueo—. ¿Qué diablos le pasó a Nick?

—Estábamos en casa de Thompson. Nick se tomó unas copas de más y empezó a coquetear con una de las chicas de la fiesta. Su novio apareció y estalló una pelea. Traté de detenerlos... —dice en un suspiro.

—¿Dónde estás ahora? —le pregunto. Sé que tiene más que decirme, y el hecho de que no lo esté haciendo ahora me está cabreando.

—La policía apareció y arrestó a Nick y al otro tipo. Estoy de camino a la comisaría. —Mi hermano se hizo arrestar. *Otra vez.*

Si llaman a mis padres, nunca escucharé el final.

Como si sintiera mis pensamientos, Chase agrega—: Le dije que no llamara a tus padres. Le dije que te iba a llamar y que lo sacaríamos.

Salgo por la puerta mientras termina la frase. Tengo mis llaves en la mano, el sueño se ha esfumado y ha sido reemplazado por enojo. Le digo a Chase que me reuniré con él en la estación. Entro en mi carro y salgo a toda velocidad.

Diez minutos más tarde, estaciono el carro en la estación vacía y corro adentro. Encuentro a Chase sentado en una silla, con los codos apoyados en las rodillas y las manos cubriéndose los ojos. Tiene sangre seca en los nudillos. Había lanzado algunos golpes, pero claramente no ha sido arrestado.

Levanta la cabeza y me mira directamente.

—Hola, Colton.

Camino hacia él mientras se levanta lentamente de su silla y se encuentra conmigo a mitad de camino.

—¿Estás bien? —Dirijo mis ojos a sus nudillos. Sigue mi mirada y asiente.

—Sí, deberías ver al otro chico —dice con una sonrisa.

—¿Por qué no arrestaron a nadie más? —pregunto.

Mira hacia el suelo evitando mis ojos.

—Porque cuando llegó la policía, el resto de nosotros dejamos de pelear, pero Nick y el novio siguieron. —Sé que Chase desearía haber detenido la pelea, pero también sé lo terco que es mi hermano.

—Está bien, saquemos al idiota de aquí —respondo, caminando hacia la recepción como lo he hecho muchas veces antes.

Hablo con la empleada, una mujer de mediana edad cuyos ojos nunca abandonan mi cuerpo, y después de lo que se siente como media hora, mi hermano sale. No lo registran ni archivan ningún papeleo. Sólo querían detenerlo para que se calmara. Esta no es la primera vez que mi hermano llega aquí, pero su encanto, reputación y habilidad en el campo hacen que incluso la policía se sienta mal por meterlo en problemas.

¿No tiene suerte?

Doy las gracias a la empleada y salgo de la comisaría con mi hermano delante de mí. Tiene un labio roto, pero en general, parece que ganó la pelea. Una parte de mí está enojada porque se metió en una pelea estúpida, y tuve que correr y sacarlo de la fianza. La otra parte está orgullosa de que le enseñé a defenderse.

Subimos al carro y empiezo a conducir de regreso a casa. Nick y Chase están hablando, pero no les presto atención. Estoy exhausto y listo para acostarme.

—Podría haber acabado con ese tipo si la policía no hubiera entrado y nos hubiera separado —dice Nick con aire de suficiencia—. Y también me habría estado tirando a su novia ahora mismo.

Sus palabras me sacan de mi estupor y entrecierro los ojos a través del espejo retrovisor. Está sentado allí, relajado, orgulloso de sí mismo.

¿Por qué no puede ver cuántos problemas ha causado?

¿Por qué no le importa un carajo?

—Necesitas aprender a lidiar con tu mierda —le digo, manteniendo mis ojos en la carretera por un momento antes de volver a mirarlo a la cara.

Nick se sienta con la espalda recta y el cambio de humor es palpable.

—Lo sé —responde, pero sé que esta no será la última vez que tengamos esta conversación.

—No quiero recibir más llamadas acerca de que estás en la cárcel porque decidiste coquetear con una chica en una fiesta. —Lo regaño como lo haría un padre, como debería hacerlo un padre.

—Ella no debería haberme devuelto el coqueteo. En todo caso, le estaba haciendo un favor al tipo. Le mostré lo fácil que es su novia. —Puedo verlo sonriendo a través de las intermitentes luces de la calle rodando sobre el interior del carro.

—Sí, pero eres el idiota que decidió pelear con su novio y llevar tu trasero a la cárcel —bromea Chase.

—Sí, sí. —Nick lo ignora, ya aburrido de la conversación. Le gusta meterse en peleas. Al principio, pensé que lo hacía para llamar la atención de nuestros padres, William y Adaline. Ellos nunca han estado muy presentes, ni se han preocupado por lo que nos pasa. Pero ahora, creo que elige peleas sólo por desahogar su rabia. Sabe que a nuestros padres no les importa si él está en el hospital o no. Están demasiado preocupados por ellos mismos, dejándome que yo tome el relevo.

Mi línea de pensamiento se ve interrumpida por el timbre de mi teléfono. Son las 3 a.m. ahora. Supongo que el tema de la noche es llamar a Colton y cabrearlo. Miro el identificador de llamadas. Es mi hermana, Kaitlyn.

—Hola, Kay. ¿Qué pasa? —pregunto cuando contesto la llamada.

—¿Hola, es Colton Hunter? —pregunta la voz de una chica desconocida al otro lado de la línea.

—Sí, ¿quién habla? —Prácticamente le grito de vuelta, mi ira estallando. Esta no es la primera vez que sucede. Las amigas de mi hermana siempre me llaman para coquetear conmigo o invitarme a salir. Es patético.

Estoy a punto de colgar el teléfono cuando dice—: Mi nombre es Kiya. Te llamo porque tienes que venir a recoger a Kaitlyn.

—¿Recogerla de dónde y por qué? —pregunto, temiendo cuál es su respuesta. Todavía estoy molesto por tener que lidiar con mi hermano, ¿y ahora esto? Esta es una noche del infierno.

—Estamos en Eclipse. Está borracha y vomitando. Ninguno de sus amigos está aquí —dice la chica.

—Joder —murmuro en voz baja.

A Kaitlyn le gusta ir a Eclipse. Yo nunca voy allí. Es un bar de mal gusto con gente superficial. Estoy tan cansado que todo lo que quiero es irme a la cama, pero sé que no lo haré pronto. Mi hermana necesita que la recoja. Tomo el siguiente giro a la izquierda y empiezo a dirigirme hacia Eclipse.

Todos necesitan que los rescate esta noche.

Supongo que estoy de guardia.

2

MIA

DESPUÉS DE LO QUE PARECE UNA ESPERA DE TREINTA minutos, veo un Camaro negro acercándose al club. Siempre me han encantado los Camaros. Son sexys y misteriosos. Puedo admirar una belleza cuando la veo y este carro es definitivamente uno que capta tu atención y te da ganas de mirar. Mientras miro al Camaro, este se detiene abruptamente frente a nosotros.

Las ventanillas del carro están tintadas, probablemente demasiado oscuras para ser legal, y aunque lo intento, no veo a nadie dentro. De repente, la puerta se abre y sale un hombre.

No puedo evitar mirar. Es un gigante y se nota que se toma en serio su entrenamiento. Sus brazos están tan construidos que puedo distinguir los músculos a través de su sudadera. Apuesto a que todas las chicas corren tras él. Bueno, los músculos no son suficientes para impresionarme. Cierra la distancia, caminando directamente hacia mí. ¿Quién es este chico?

Me ordeno a mí misma dejar de mirarlo. No es mi tipo, ni siquiera se le acerca. No es que sepa cuál es mi tipo con mi experiencia limitada y todo, pero sé que no es él. Y definitivamente no soy su tipo.

—¿De verdad? —El tipo grita mientras está de pie frente a Kaitlyn. Ella baja la cabeza, evitando sus ojos interrogantes.

¿Este es el hermano de Kaitlyn?

—Estoy bien, Colton —responde ella llevando sus ojos de nuevo a los de él.

—¿De verdad estás bien? Recibo una llamada telefónica de una extraña que me dice que necesito recogerte porque estás demasiado borracha para cuidarte y estás parada aquí diciendo que estás bien. —Parece frustrado y puedo sentir empatía. Probablemente él está enojado porque tuvo que dejar la fiesta en la que estaba debido a la llamada de Kiya.

Kaitlyn abre la boca para responder, pero antes de que pueda pronunciar una palabra, Colton la agarra del brazo y tira de ella en dirección a su carro. Choca conmigo al pasar, tirándome a un lado. Lanzo mis manos frente a mí para evitar caer al suelo.

—¡Te perdono! —le grito mientras sigue caminando en dirección a su carro como si ni siquiera se hubiera dado cuenta de lo que acaba de hacer. Me enderezo y froto mi hombro tratando de adormecer el dolor.

—Supéralo —dice con voz dura.

Estúpido.

¿Qué clase de idiota ni siquiera agradece a los extraños por ayudar a su hermana?

Imbécil ingrato.

Me vuelvo hacia Kiya, buscando apoyo, y me doy cuenta de que ella también había estado observando cada uno de sus movimientos. Su mirada se eleva hacia mí y me envía un mensaje silencioso para calmarme. Asiento con la cabeza. Normalmente no soy de las que reaccionan, pero quiero hacerlo. Estoy lívida. Tengo dolor. Sigo diciéndome a mí misma que es porque se estrelló contra mí y no pareció importarle, pero sé que es porque, por una vez, quiero que alguien se fije en mí. Sin embargo, no cualquiera. Quiero que él se fije en mí.

Escucho un portazo, y luego otro, seguido por el Camaro que se aleja a toda velocidad. Me quedo ahí, mirando en su dirección hasta que se pierde de vista, pensando en qué más podría haber dicho.

—¡Él es tan guapo! —Kiya exclama, mi atención volviendo al presente.

—No me di cuenta —miento.

—¡Sí, claro! —Kiya ve a través de mi mentira, como siempre lo hace, pero no voy a admitir nada más. Entonces, evito el tema.

—Es un idiota —digo con total naturalidad.

—Sí, bueno, ese idiota puede llevarme a casa el día que quiera.

Pongo los ojos en blanco ante su comentario, diciéndome a mí misma que felizmente lo rechazaría si tuviera la oportunidad.

—¿Cómo lo conoces? —digo, tratando de no parecer demasiado interesada. No quiero pensar en él, pero quiero saber más y ver si mi compañera de apartamento ha tenido algún encuentro con él. Ahora puedo escuchar a mi mamá: *No como ni dejo comer*. Era algo que ella siempre me decía cuando yo no quería algo, pero tampoco quería que nadie más lo tuviera. Eso es lo que siento por él. Colton. El imbécil sin modales.

Kiya y yo decidimos dar por terminada la noche. Todavía no habíamos terminado de empacar.

—¿Has cargado la última caja? —le pregunto a Kiya. Pasamos la tarde empacando el camioncito que alquilamos y asegurándonos de que todo esté en orden. Finalmente nos vamos a mudar a un apartamento, estoy feliz de compartirlo con Kiya. Por mucho que me diga a mí misma que me gusta estar sola, realmente no me gusta.

—Sí, acabo de agarrar la última caja. No queda nada. En absoluto.

—No tengo muchas ganas de desempacar. —Me río—. Pero estoy deseando poder finalmente hacer el primer brindis oficial en nuestra casa.

—Oh, sí, esta noche derrocharemos en vino —responde, poniendo la camioneta en marcha y saliendo al tráfico.

Suena como una noche maravillosa: deshacer las maletas con mi compañera de apartamento, tomar un poco de vino y reírnos mientras estamos en ello.

Llegamos al estudio unos minutos más tarde. Yo quería estar lo suficientemente cerca para caminar a clase todos los días, ya que caminar me ayuda a despejar la cabeza. Pasamos dos horas sacando cajas de la camioneta. Esa pequeña habitación que compartimos tenía muchas más cosas de las que pensábamos. Cuando finalmente terminamos de descargar la camioneta, mi compañera de apartamento se deja caer en el sofá de cuero negro y yo tomo asiento en el banco del piano. Compré algunas cosas con algo del dinero que mi madre me había dejado para hacer que este loft se sintiera más como un hogar.

—Vaya —dice Kiya, mirando a su alrededor—. No puedo creer que este sea el lugar donde vivimos —ella exclama.

—¿Lo sé, verdad? —Estoy igualmente asombrada.

—Mia, muchas gracias por dejarme vivir contigo. No tenías que hacerlo, pero me alegro mucho de que lo hicieras.

—No puedo imaginarme viviendo con nadie más —digo para tranquilizarla. Aunque es cierto; Disfruto viviendo con ella—. De todos modos, sigamos moviéndonos. Tenemos que acomodar todo ahora.

En respuesta, sólo la escucho gemir.

Dos horas después, todas nuestras cosas están desempacadas y todo está en su lugar. Kiya decide hacer la cena y me pone a cargo de poner la mesa y traer algo de tomar. Sirvo dos copas de vino blanco y me siento en el taburete de la cocina para verla cocinar. Se parece a mi madre y mi mente no puede evitar caer en un recuerdo de ella.

Yo estaba sentada a la mesa del comedor y mi madre estaba en la cocina. Ella estaba preparando mi comida favorita para el almuerzo, arroz con camarones. Estuve en casa durante las largas vacaciones de navidad después de pasar el primer año en la escuela. No había querido vivir en el campus, pero mi madre insistió y me dijo que, aunque me echaría de menos, necesitaba tener la experiencia universitaria completa.

—*Mia, la comida estará lista en cinco minutos.* —*Mi madre se dio la vuelta y me miró mientras decía esto. Sabía que la estaba esperando, e impaciente por eso. Estaba cansada de las hamburguesas, las papas fritas y la pizza, y estaba lista para comer algo para el alma, algunas de las deliciosas comidas nativas que preparaba mi madre.*

No. No pienses en el pasado. No dejes que te asuste. Empieza con buenos recuerdos, pero siguen los malos, insiste la voz en el fondo de mi mente.

No dejes que se haga cargo, Mia. Sabes que de nada sirve.

Y con eso, vuelvo al presente. Kiya ha terminado de preparar la cena y nos sentamos a la mesa. La primera comida es como un bautizo. Se siente increíble y liberador. El apartamento se ve maravilloso y puedo disfrutarlo con mi mejor amiga. Este sentimiento de paz es lo que confirma que tomé una buena decisión al mudarme a Forest Pines. El lugar al que solía llamar hogar ya no albergaba a las personas que lo convertían en mi refugio. Ahora, solo queda el vacío.

3

MIA

LUNES POR LA MAÑANA, TE ODIO CON TODAS MIS FUERZAS.

Levanto la mano y la golpeo contra el despertador. No importa qué tan buen estudiante sea; cualquier mañana que tenga que despertarme a las seis y media es una en la que me despierto enojada. Me prometí a mí misma que no tomaría clases matutinas. Aparentemente, no pude mantener esa promesa ya que mi clase comienza a las ocho.

Clases en la mañana, aquí voy, pienso secamente.

Me levanto de la cama y siseo. Todo mi cuerpo está adolorido por levantar cajas todo el día de ayer. Me masajeo un hombro suavemente y luego me dedico a elegir lo que me voy a poner, no es que me importe especialmente. Elijo una blusa negra larga, jeans azul claro y botas negras. A pesar de mi indiferencia general por la moda, hay una cosa que me obsesiona: los zapatos. Me encantan las botas y el otoño es el momento perfecto para sacarlas todas. El otoño en Nueva Inglaterra es impresionante.

Me dirijo al baño, me lavo los dientes, me meto en la ducha y luego me visto. La casa es inquietantemente silenciosa, y trato de no agregar ningún ruido adicional. Sé que Kiya probablemente dormirá hasta las diez ya que nunca toma clases tempranas. Ella es una estudiante de último año y la clase de seminario no era un requisito este año. No tiene que experimentar la pesadilla que es despertar al amanecer, también conocida como las 6:30 a.m.

Ojalá yo fuera ella ahora mismo.

Me acerco a la cocina y me doy cuenta de que apenas tenemos nada para comer ya que no fuimos de compras. La comida que preparamos ayer fue lo que sobró en el dormitorio. Si me voy ahora, todavía puedo llegar a la cafetería de la escuela. El café es imprescindible; es la droga preferida del estudiante universitario. Y si voy a superar esta clase, necesito uno grande. Agarro mi mochila y salgo.

La cafetería de la escuela siempre está llena, pero me las arreglo para conseguir algo caliente y con cafeína, además de una magdalena con chispas de chocolate con tiempo más que suficiente. Como he estado tomando clases durante el verano, encuentro fácilmente el edificio y el aula donde se lleva a cabo mi seminario. Llego al salón quince minutos antes de que comience la clase, que es mi objetivo ya que me gusta marcar mi espacio.

Me siento un poco nerviosa de sentir finalmente la plenitud del campus. No mucha gente toma clases de verano, por lo que no he estado expuesto a la Universidad de Bragan, en su capacidad de treinta mil personas. Incluso mientras caminaba a clase, vi estudiantes por todas partes. No puedo evitar sentirme un poco fuera de lugar. Bragan es una escuela grande, sin embargo, todos parecen conocer a todos... excepto a mí.

—Está bien, clase —dice un hombre de mediana edad desde el frente del salón.

Mi cabeza se agita ante el sonido de su voz, y el estruendo del aula llena mis oídos. Ni siquiera me había dado cuenta de que ya no estaba sola.

—Mi nombre es James Clift y seré su profesor en este curso. Como todos saben, este es un seminario y aunque me gustaría pensar que todos se inscribieron en esta clase porque quieren aprender, sé que es un curso obligatorio que debe tomarse antes del último año.

La clase se ríe cuando el profesor comienza a repartir el programa de estudios. Él le da una pila a cada persona en la primera fila y nos pide que los pasemos hacia atrás. Cuando miro hacia atrás, me doy cuenta de que la clase no es demasiado grande, tal vez treinta estudiantes como máximo. Vuelvo a centrar mi atención en el profesor, que ahora está de pie a la izquierda de la pizarra.

—A diferencia de la mayoría de sus clases, en esta clase se le calificará en función del trabajo en grupo.

Cuando esas palabras salen de su boca, todos en la clase

comienzan a expresar quejas. Odio el trabajo en grupo. Odio el hecho de que mis calificaciones dependan de otros estudiantes, y por alguna razón, con mi suerte, siempre me quedo con los tontos y termino haciendo todo el trabajo.

—Voy a asignarles a sus compañeros el miércoles, y entonces comenzaremos la primera parte del trabajo. El propósito de esta clase es seleccionar un problema internacional y finalmente hacer una propuesta sobre cómo resolverlo. Se supone que esto ayudará a su lado humanitario —continúa el profesor.

Después de esa revelación, el resto de la clase es fácil. El profesor explica el programa de estudios y, por explicar, me refiero a que lee cada línea en voz alta. Es completamente innecesario ya que ninguno de nosotros está prestando atención. Aunque no me quejaré. Impide que el profesor enseñe el primer día de clase. De vez en cuando, puedo escuchar a un estudiante reír o jadear por algo que dice el profesor.

Supongo que algunas personas están prestando atención.

El profesor Clift está tratando desesperadamente de ser divertido, lo cual es refrescante. Al menos no está tratando de aburrirnos hasta la muerte como lo hacen los demás.

—Oh casi lo olvido. Como esta es una clase obligatoria, tengo que pasar asistencia —dice el profesor justo cuando está a punto de dejarnos ir. Sacando una hoja de papel, comienza a gritar nombres y yo me desconecto, demasiado distraída por la idea de tener que hacer un trabajo en grupo para aprobar la asignatura.

—Mia Collins —dice el profesor—. ¿Mia. Collins, estás aquí?

Con una sacudida, me doy cuenta de que no le he respondido.

—¡Presente! —le digo al profesor. Él suspira como si pensara que soy una idiota por hacerle llamar mi nombre dos veces.

Por el rabillo del ojo, puedo ver que pocas cabezas se han vuelto hacia mí. Estoy nerviosa, y lentamente me encorvo en mi asiento para escapar de sus ojos. El profesor sigue revisando las hojas de asistencia y mis pensamientos divagan hasta que...

—Colton Hunter —dice el profesor.

¿Qué? Miro hacia arriba, presa del pánico.

—Colton Hunter —repite Clift, visiblemente molesto. Me hundo más en mi silla. El profesor escanea el salón brevemente antes de asentir. Una de las chicas a mi lado se da la vuelta y mira a la morena sentada a su lado, susurrando lo sexy que es Colton.

Ay, Dios. Definitivamente es él.

De todos los lugares y de todas las clases, el destino dice que estoy atrapada en clase con él. El recuerdo de la noche del sábado me invade, pero lo rechazo. Me duele un poco el hombro y me recuerda que no debería perder ni un segundo más pensando en ese imbécil de malos modales.

La clase termina después de que el profesor termina de tomar asistencia. Todos los alumnos se levantan y recogen sus pertenencias. El parloteo llena el lugar; todos se están poniendo al día y hablando de su verano. Recojo mis cosas y las guardo en mi mochila. Me levanto y cuando comienzo a caminar hacia la salida, me encuentro con alguien, golpeando algo de sus manos.

—Oh, lo siento mucho —le digo a la persona con la que me topé, sin mirarla del todo, el dolor en mi hombro aumenta. Me agacho para recoger un cuaderno del suelo. Cuando miro hacia arriba, me doy cuenta de que me he topado con nada menos que Colton Hunter, es su cuaderno lo que tengo en la mano. Antes de que tenga la oportunidad de hablar, empujo el cuaderno en su pecho y me alejo. Realmente no quiero entablar una conversación con él. Si me hubiera dado cuenta de que me había topado con él, simplemente me habría alejado.

Me quedan dos clases más antes de que termine este día. Los lunes van a ser ajetreados ya que tengo tres clases seguidas, pero oye, literalmente haré cualquier cosa para tener el viernes libre y disfrutar de un largo fin de semana de relajación. Tal vez si me motivo, puede que incluso llegue a tocar el piano.

El resto de mis clases transcurren sin problemas. Recibimos nuestro plan de estudios, hablamos sobre el curso y los requisitos, y luego nos despiden por el día. Parece que la carga de cursos será manejable y sé que me irá bien.

4

COLTON

TERMINO CON LAS CLASES DEL DÍA Y NO HE PODIDO DEJAR de pensar en la chica de antes, la chica de la clase del seminario. Se había cruzado conmigo, se había disculpado con sinceridad, pero luego, cuando vio que era yo, sus ojos pasaron de la simpatía a otra cosa: puro desdén. Nunca la había visto antes, pero la mirada que me dio me hizo pensar que sabe quién soy.

—¿Colt, estás aquí? —Oigo decir a Zack. Zack Hayes es uno de mis hermanos de fraternidad y un liniero ofensivo. Compartimos casa con los demás miembros del grupo, entre ellos mi hermano. Zack es lo que llamamos el mujeriego del grupo. Chica diferente todos los días y, a veces, todas las noches. A pesar de eso, sigue siendo uno de los mejores de la casa.

Honestamente, hay algunos otros que son imbéciles con los que nunca elegiría voluntariamente ser amigos y mucho menos vivir con ellos, pero no tengo otra opción ya que viene con el fútbol. Supongo que una de las cosas buenas de compartir una casa es que puedo vigilar a Nick. A mi modo de ver, mi hermano más la casa de los atletas sin supervisión equivalen a problemas. También viene con ventajas adicionales: fiestas, bebidas y todas las chicas que necesitamos.

No es que duerma con cualquiera. Ya no, de todos modos.

Ya no soy fan de las chicas que se me lanzan. La mayoría solo quiere decir que nos acostamos para que puedan decirles a otras chicas que tuvieron sexo con un jugador de fútbol, con el mariscal de campo del equipo. Ya no estoy preparado para esto. Es mi tercer año, el año más importante de mi carrera universitaria y, contrariamente a la creencia popular, en realidad quiero graduarme con honores. Aun así, no puedo decir que nunca me aproveché de los beneficios que vinieron con mi reputación, porque lo hice. Pero eso fue antes.

—Sí, aquí estoy. —Estamos sentados en el comedor, bandejas llenas de comida frente a nosotros. Una fraternidad compuesta por todos los jugadores de fútbol significa que cuando no estamos de fiesta, estudiando, entrenando o haciendo ejercicio, comemos como cerdos hambrientos.

—¿Amigo, escuchaste algo de lo que acabo de decir? —me pregunta, y honestamente, no lo he hecho.

—¿Escucho alguna vez algo de lo que dices? —Respondo, sin admitirle que estoy pensando en una chica. Podría darle una idea equivocada.

—Jaja muy gracioso. Pero en serio, ¿vamos a tener fiesta el sábado? Tenemos que dar la bienvenida a la carne fresca.

Cada semestre, La casa da una gran fiesta al comienzo del semestre donde invitamos a todos en el campus. El sistema griego es bastante grande en Bragan, y básicamente lo manejamos porque el fútbol está en la cima de la cadena alimentaria. Nuestra casa es la fraternidad más popular del campus, y también la más exclusiva, considerando que tienes que ser un jugador de fútbol para entrar.

Yo no quería ser parte de eso, pero si me iban a obligar, tenía que estar en la cima, por eso me convertí en presidente. Necesitaba ser la autoridad. Necesitaba tener el control.

—Lo hacemos todos los años, ¿no? —disparo de vuelta.

—Esta vez tenemos que ir a lo grande. Es tu primer año como presidente y capitán —dice Zack, ignorando mi respuesta sarcástica.

Nick, Chase, Blake Miller y Jesse Falcon se unen a nuestra mesa y dejan sus bandejas. Blake es el luchador del grupo. Si bien puedo pelear, no busco peleas. Blake, por otro lado, es muy similar a Nick: le encanta comenzar las peleas. Supongo que por eso han sido inseparables desde que comenzaron la universidad hace dos años. Jesse es la brújula moral del grupo. Es un estudiante de medicina, que siempre es el conductor designado. Todavía puede divertirse como el mejor y el peor de nosotros, pero tiene un enfoque nítido con un objetivo claro en mente. También es nuestro principal pateador. Con los seis sentados a la mesa, estamos atrayendo una audiencia. Odio la atención innecesaria. Se siente como si fuéramos animales en un zoológico, pinturas en un museo, payasos en un circo.

Los chicos conversan animadamente sobre los detalles de la fiesta. Me uno a la conversación cuando empiezan a bromear y a reírse de la mierda del fin de semana. La pelea comienza y yo tengo que rescatar a mis hermanos. Puedo reírme de eso ahora, pero estaba furioso cuando sucedió.

Hablando de mi hermana, veo a Kaitlyn y sus amigas dirigiéndose a nuestra mesa. Suelen sentarse con nosotros porque Kaitlyn es de la familia y también porque los chicos encuentran sexys al resto de las chicas que vienen con ella. Kaitlyn es parte de una hermandad femenina del campus, DM. No sé qué significa y, sinceramente, no me importa. Con una madre menos que materna cuando estábamos creciendo, puedo ver por qué K está feliz de tener hermanas, incluso si no son de sangre.

—Hola, chicos —nos saluda Kaitlyn.

—Hola, K —respondo y el resto de los chicos expresan sus propios saludos mientras ella toma asiento junto a Jesse y se une a la conversación. Su amiga, Jade, se sienta a su lado, mientras Abbigail Brown, la que dirige DM, se desliza entre Zack y yo.

Acercándose más a mí, susurra—: Hola, sexy —en mi oído.

Como dije, no duermo con cualquiera, pero Abby y yo tenemos un acuerdo. Sin embargo, lo terminé el fin de semana pasado, cuando ella comenzó a actuar como si fuera mi novia. Le dije desde el principio que no quería una relación. Era sólo sexo, pero ella se volvió pegajosa y el arreglo tuvo que terminar. No quiero romper el corazón de ninguna chica, no soy un idiota, pero tampoco quiero estar con nadie, no cuando sé lo infieles que pueden ser las mujeres.

—Hola, Abby —le digo tan cortésmente como puedo. Desliza su mano debajo de la mesa y la apoya en mi muslo...

Demasiado cerca.

Agarro su muñeca, deteniéndola antes de que alcance su objetivo. Ella hace pucheros. Si cree que cambiaré de opinión, se le avecina otra cosa. Sé que sentarme a su lado inevitablemente conducirá al drama. No sé si es del tipo que hace una escena, pero no sería la primera vez que una chica lo hace, y no lo necesito ahora. Me levanto, agarro mi mochila del suelo y mi bandeja de la mesa.

Ya terminé aquí.

5

MIA

EL RESTO DEL MARTES PASA VOLANDO Y EL MIÉRCOLES LLEGA
demasiado rápido para mi gusto. Es hora del Seminario,
es hora de evitar a Colton. Con café en mano, entro al
salón. Necesito tanta cafeína como pueda para hacerle
frente a esto. Con al menos quince minutos antes de que
comience la clase, tomo mi teléfono y busco en las aplica-
ciones hasta que encuentro un juego para jugar.

El salón se llena rápidamente, el volumen de la charla
aumenta constantemente. Cuando la habitación se queda
en silencio, asumo que el profesor está aquí y guardo mi
teléfono. Sin embargo, cuando levanto los ojos, me doy
cuenta de que todos se han callado porque Colton ha
entrado en el lugar.

Juro que es como en una de esas películas cursis, donde
el tiempo se detiene y hay un foco en el protagonista
masculino. Aun así, no puedo apartar los ojos. Miro
desde sus pies hasta su cabello oscuro. Tiene este aspecto

recién salido de la cama que le queda como anillo al dedo. Con pantalones de chándal y una camiseta que enfatiza el tamaño y la forma de sus bíceps, luce mejor que la primera vez que lo vi.

Antes de que pueda detenerme, miro de arriba abajo su cuerpo una vez más y luego me concentro en sus ojos. Son de un gris profundo y penetrante, y al igual que las arenas movedizas, siento que me absorben. Él me mira y luego me atrapa observándome. Mis mejillas se sonrojan y él sonríe con una sonrisa perfecta, luego me guiña un ojo. Camina lentamente junto a mí, encontrando un asiento en la parte de atrás del salón.

Todavía estoy paralizada por la vergüenza, y si no estuviera sentada en este momento, me vería absurda. No puedo creer que me sorprendiera mirándolo descaradamente. Ni siquiera me agrada. Es guapo, pero nunca elegiría voluntariamente tener una relación sentimental con él. No es que me imagine que lo hace romántico, pero eso no viene al caso. Mis mejillas todavía están rojas, y rezo en silencio para que nadie más se dé cuenta.

Me obligo a mirar hacia adelante, repitiendo todo el asunto en mi cabeza. Sé que tenía el aspecto de ser atrapada con las manos en la masa cuando me vio. Y su reacción me mostró que sabía exactamente lo que estaba haciendo. Quiero decir, su respuesta fue sonreír y hacerme un guiño burlón.

Idiota arrogante.

Después de lo que parece una eternidad, el profesor finalmente ingresa al aula.

—Bien clase. Tranquilícense —dice Clift mientras hace un gesto con las manos para que los estudiantes se sienten—. Necesito que todos se pongan en grupos de no más de tres estudiantes. Una vez que esté en esos grupos, haremos una actividad que me permitirá asistir y, con suerte, aprender sus nombres.

Me asusto instantáneamente. ¿Lo había escuchado mal? Me siento allí un momento, esperando a que asigne grupos.

—Tienen cuatro minutos —agrega el profesor Clift—. Les sugiero que empiecen.

Mientras todos los demás se levantan de sus asientos y se mueven hacia sus amigos, yo me siento allí. Supongo que alguien se moverá hacia mí eventualmente. Pero a medida que pasan los minutos, empiezo a sentirme como el niño de las películas, el que siempre es el último en la clase de gimnasia, o el que la maestra tiene que obligar a alguien a agregar a sus grupos. Sí, esa seré yo. El cojo. La última elección. El que nadie quiere. Debo decir que esto no es un sentimiento extraño.

—¿Todos encontraron un grupo? —pregunta el profesor después del tiempo asignado. Mira alrededor del salón y ve los grupos que se han formado. No quiero levantar la mano y mostrarle que no estoy en un grupo, pero es algo obvio. Estoy sentada al frente de la clase y no hay nadie más a mi alrededor.

—Señorita, ¿cuál era su nombre de nuevo? —dice el profesor Clift. Espero que por medio segundo no me esté hablando, pero puedo verlo mirándome.

—Mia —le digo—. Mia Collins.

—Sí, Mia —dice, enfatizando mi nombre.

El profesor vuelve a mirar alrededor de la habitación, luego vuelve su atención a mí y dice—: Creo que en el grupo del señor Hayes puede encajar uno más. Señor Hayes y señor Hunter, gracias por ofrecerse como voluntarios.

¡No, no, no! Esto no puede estar sucediendo.

El profesor me mira fijamente.

—Señorita Collins, únase al señor Hunter y al señor Hayes.

Lo intento, pero mis pies no cooperan. Están pegados al piso. Me arrepiento de no haberme levantado antes y haberme sumado a un grupo. Incluso si hubiera sido incómodo, hubiera sido mejor que esto. Esto es lo que me pasa por ser tan cobarde.

El profesor levanta sus gafas y sus cejas lo siguen, y lo tomo como una señal para levantarme. Agarro mi cuaderno, tiro mi mochila sobre mi hombro izquierdo y me giro hacia el fondo del salón. Con las piernas temblorosas, subo las escaleras y es entonces cuando me doy cuenta de que todos los ojos están puestos en mí.

Los chicos del salón me miran divertidos, mientras que las chicas me miran con rabia y celos.

Ahí va la capa de invisibilidad, pienso. Soy el centro de atención y no me gusta ni un poco. Me dirijo al fondo del salón lo más rápido que puedo, con la esperanza de que cuanto antes llegue, más rápido se apartarán los ojos escrutadores de mí. Me veo obligada a mirar hacia arriba para saber exactamente dónde estaré sentada, cuando de repente...

¡Pum!

Me tropiezo y caigo, pero mi rodilla frena mi caída antes de que mi cara pueda hacerlo. La risa recorre inmediatamente el salón. Tengo la clara necesidad de correr, pero eso sería como una salida dramática en una de las Telenovelas que solía ver con mi madre. Eso sería aún más vergonzoso. A pesar de que la risa en el lugar se hace más fuerte, tomo mi cuaderno, me levanto y levanto mi barbilla en alto.

Veo a alguien mirándome con una sonrisa diabólica. Ella es una chica delgada con cabello rubio, ojos verdes y piernas extremadamente largas. Ella inmediatamente me hace sentir cohibida. Me mira con satisfacción en sus ojos, como si estuviera orgullosa de sí misma.

—Encuentre su lugar, señorita Collins —dice el profesor con impaciencia, deteniendo la competencia de miradas entre la chica y yo. Asiento y sigo caminando, teniendo que forzar cada paso. Cuando me dejo caer en el asiento vacío junto a Hayes, no lo miro a él ni a Colton. Sé que mi cara todavía está roja y caliente de vergüenza. Solo quiero que esto termine.

COLTON

ME ENCUENTRO MIRANDO A LA CHICA DE LA PRIMERA FILA, esperando a ver qué hará. ¿De qué grupo formará parte? Algunas chicas querían sentarse con nosotros, y Zack también quería que lo hicieran, pero les di una mirada para mantenerlas alejadas. El semestre pasado, Abby se sentó con nosotros en todas las clases que compartimos, pero después del fin de semana pasado, ese ya no es el caso. No es que no quiera ser amigo de ella. Solo necesito que ella me supere primero.

Sigo mirando a la chica, ahora sentada sola al frente del salón. No se mueve de su asiento, incluso cuando todos los demás encuentran un grupo.

—Hola, Colton... —una chica comienza a decir con una voz dulce y azucarada.

—No —respondo, mi mirada no deja a mi chica.

Zack se inclina hacia mí.

—Oye, dale una oportunidad a un chico aquí —dice. Le doy una mirada de reojo. Él se encoge de hombros—. Ella está buena.

—No importa —respondo.

Cuando la chica mira a su alrededor y ve que se forman los grupos, no busca a nadie. ¿Quién es ella? ¿De dónde viene? ¿Y por qué diablos me miró como si me odiara? Espero hasta que todos estén en un grupo y la miro de nuevo. Ella todavía está sola.

Estoy a punto de ofrecer nuestro grupo como voluntario cuando el profesor mira alrededor del lugar y encuentra a Zack. Y casi como una respuesta a mis oraciones, o pensamientos, el profesor Clift la hace unirse a nuestro grupo. No podría haberlo planeado mejor. Tampoco puedo borrar la sonrisa de suficiencia de mi rostro.

Después de que el profesor le dice que va a ser parte de mi grupo, ella gira la cabeza y sus ojos se fijan en mi cara, junto con el resto de la clase. Ella se ve cabreada. Vi la forma en que me estaba mirando cuando entré a clase hoy. Pensé que aprovecharía la oportunidad de trabajar conmigo.

Debo admitir, sin embargo, que disfruté sus ojos sobre mí. No me gusta la mayoría de los días, pero me gustó cuando vino de ella.

La miro, estudiando cada uno de sus movimientos. Puedo ver las ruedas girar, su vacilación para levantarse de su asiento. Es entonces cuando el profesor pierde la paciencia y le exige que se mueva. Se pone de pie con sus pertenencias en la mano, y dejo que mi mirada recorra su cuerpo desde sus sandalias de punta abierta, hasta sus jeans ajustados y desteñidos que tienen agujeros, y final- mente hasta la camiseta con una V profunda al frente. Obligándome a mirar hacia arriba, contemplo sus labios carnosos y sus ojos almendrados. Ella es hermosa, del tipo *no sé si soy hermosa*. Me sonrío a mí mismo.

Con los ojos bajos, sube las escaleras, solo mirando hacia arriba brevemente antes de dar un bandazo hacia adelante inesperadamente, aterrizando con fuerza sobre sus rodillas.

En el momento en que la veo colapsar, salto de mi silla. Quiero ayudarla. Aún sobre sus manos y rodillas, vacila por unos momentos. Una gran parte de mí quiere ofrecer mi mano, recoger sus cosas y asegurarse de que ella está bien. Otra parte de mí recuerda cómo me miró, así que no hago ningún movimiento. Me deslizo lentamente hacia atrás en mi silla, la sensación de protección todavía se cierne sobre mí, pero dominada por mi sentido de auto-conservación.

Agarra sus pertenencias y se dirige a nuestra mesa. Aparto la mirada, fingiendo que no había estado prestando atención. Agarra el asiento vacío junto a Zack, y me condenaré si no me decepciona que no esté junto a mí.

Zack me da un codazo y un asentimiento tranquilizador. Sabe que no me gusta tener chicas en nuestros grupos porque nunca aportan mucho a la mesa. Las chicas simplemente se sientan allí, moviendo su cabello, riendo y asegurándose de que sus pechos estén lo suficientemente juntos como para darnos una vista clara de su escote. Esa mierda es molesta, pero es aún peor cuando fingen no saber nada. ¿Quién diablos se siente atraído por las estúpidas? Ciertamente yo no. Tengo un futuro esperándome después de que termine la escuela.

Pero ahora mismo, en este momento, no me importa mi resolución habitual. Abandono toda razón. Ignoro todos los precedentes. Me encojo de hombros y le digo a Zack que soy indiferente. Pero no lo soy. Me alegro de que esté en nuestro grupo. Ella es un rompecabezas que estoy decidido a armar.

—Bien, ahora que todos han encontrado sus grupos —afirma el profesor C., mirando directamente a nosotros. Por el rabillo del ojo, veo a Mia deslizarse en su asiento —. La primera tarea es que los miembros del grupo identifiquen un problema mundial que les gustaría resolver. Necesito saber por qué el problema es importante para cada uno de ustedes porque este es el problema en el que estarán trabajando durante el resto del semestre.

«Realizarán una investigación, trabajarán en una presentación y enviarán un artículo, que intentarán publicar en una revista de pregrado. El problema que elijan es el problema con el que se quedarán por el resto del semestre, así que elijan sabiamente. Si es demasiado difícil, bueno, eso es lo que lo convierte en un problema. Traten de conocerse, ya que serán inseparables hasta que esto termine.

No puedo contener la sonrisa que aparece en mi rostro; el profesor ha hecho que estos grupos sean permanentes y mi misión más fácil.

6

MIA

COMO SI MI HUMILLACIÓN NO FUERA SUFICIENTE, AHORA tenemos que trabajar juntos en un proyecto de un semestre y tratar de conocernos como si estuviéramos en el bachillerato. Esta es la universidad; no necesitamos rompehielos y no necesitamos trabajo en grupo.

El profesor nos pide que entrevistemos a alguien de nuestro grupo. Necesitamos hacernos algunas preguntas como de dónde venimos, cuántos años tenemos y nuestro mayor temor. Nadie necesita saber nada sobre mi vida, sin embargo, mi profesor espera que comparta esta información con extraños.

—Se está distribuyendo una hoja con instrucciones. También contiene instrucciones sobre lo que debe incluir el problema que van a resolver. Asegúrense de elegir algo que apasione a todos en el grupo. Para hacer esto, deben conocerse unos a otros. Esta será su primera asignación.

La tortura ha comenzado... bueno, continúa. Espero que todo el trabajo en grupo se pueda realizar en clase. Odio tener que coordinar con otras personas tanto como odio estar atrapada haciendo todo el trabajo.

Una de las chicas del grupo que tenemos enfrente se gira. Sus ojos se enfocan de inmediato en Colton. Noto que tiene la hoja de asignaciones en la mano. Supongo que se dio la vuelta para pasárnoslo, pero ahora se encuentra demasiado consumida por Colton.

Me aclaro la garganta tan fuerte como puedo para llamar la atención de la chica. La chica me mira con exasperación, su enfado visible en su rostro, como si hubiera interrumpido groseramente su momento, lo cual es una mierda porque en realidad ella lo está mirando y él está conversando con Hayes.

—¿Puedo tener las instrucciones? —pregunto, dirigiendo mi mirada a la hoja en su mano. Ella sigue mis ojos e inmediatamente empuja su pecho hacia afuera, su boca se encrespa en una sonrisa furtiva.

Echando el cabello por encima del hombro, dice con una voz inocente fabricada—: Hola, Colton. —Lo miro para ver qué hará. Se gira, mira en su dirección, inclina la cabeza y luego vuelve a su conversación.

En ese momento, me duele el corazón por la chica. Apenas la reconoce. Ella mira fijamente el lado de su cabeza un poco más, luego cambia sus ojos hacia mí y prácticamente me arroja la hoja. Afortunadamente, la atrapo antes de que caiga al suelo, pero lo que termina cayendo es cada gramo de simpatía que tenía por ella.

Dejo las instrucciones de la asignación en mi escritorio.

—Está bien, estudiantes, asegúrense de compartir la información de contacto con el resto de su grupo, lean las instrucciones y espero que esta asignación esté lista para la próxima clase, que es el lunes.

Todos gimen al unísono.

—Sí, sí —continúa el profesor—. Qué tengan un buen fin de semana.

Despide la clase y es el primero en salir. Eso es nuevo.

Me levanto de mi escritorio y agarro mis pertenencias. Al diablo con este trabajo. Un trabajo sin terminar no es la gran cosa. Dejo la hoja de instrucciones con preguntas sobre la mesa sin siquiera mirarla, y empiezo a bajar las escaleras cuando siento que una mano me agarra del brazo. Se me pone la piel de gallina por todo el cuerpo, y sé de quién es la mano de inmediato. Me vuelvo hacia Colton. Inclino mi cabeza hacia atrás para mirarlo a los ojos. Una vez más, se siente como si el tiempo se hubiera detenido mientras sus ojos recorren mi cuerpo, buscando algo.

Vuelvo a la realidad recordando lo imbécil que es, ignorando a todo el mundo, siendo un idiota con las personas que han intentado ayudar a los que le importan. Veo su boca curvarse en una sonrisa confiada. Sí, arrogante también. Agrega eso a la larga lista de cualidades negativas que posee este tipo.

—¿Puedo ayudarte? —digo en el tono más atrevido que puedo manejar. Me mira como si no hubiera registrado mis palabras. Dejo caer mi mirada hacia su mano, que todavía sostiene suave y firmemente mi brazo. Sigue mi mirada y, como si hubiera sido impactado por mil relámpagos, rápidamente suelta los dedos. Veo la preocupación destellar a través de sus ojos. Tal vez piensa que me lastimó, pero ese no es el caso, esta vez.

—En realidad, sí —afirma, rascándose la nuca con la mano izquierda, un gesto que hace que su brazo parezca aún más grande, si eso es posible. Se ve lindo e inseguro, pero sé que debe ser un truco que ha perfeccionado a lo largo de los años para hacer que las chicas se enamoren de él. No me trago el acto, pero no me importa verlo pasar.

—¿En qué, si se puede saber? —pregunto, en parte intrigada, en parte molesta, mientras me esfuerzo mucho por parecer lo más desinteresada posible.

—Bueno, necesito tu número de teléfono. —Mi mano va inmediatamente a mi cadera, algo que solía hacer mi madre. No puedo creer que tenga el valor de pedirme mi número cuando me ignoró por completo. Estoy a punto de decirle que se joda cuando abre la boca para hablar de nuevo.

—Zack y yo lo necesitamos... ya sabes, para el proyecto. Tenemos que encontrar un momento para reunirnos. —

Me muestra la hoja de instrucciones que debe haber recogido de la mesa. Supongo que debo parecer el tipo de chica a la que no le importa una mierda el trabajo escolar. Me sonrojo. No quiere mi número para nada más que trabajar en la tarea, una tarea que ya me había olvidado y a la que había renunciado.

—Ah, sí, está bien. —No diré que estoy avergonzada, porque ya lo he superado. Me entrega su teléfono y le pongo mi número. Cuando termino, se lo devuelvo.

—Está bien —dice con una sonrisa burlona. —Te escribiré un mensaje.

Asiento. Se queda ahí, sin decir nada más. Lista para terminar con este día de mierda, me doy la vuelta y me alejo.

Cada paso que doy de él es como tirar de un elástico. Me temo que me regresarán. Salgo del edificio y hago todo lo posible por pisotear las mariposas que se han instalado permanentemente en mi estómago. Probablemente no me enviará un mensaje de texto. Probablemente me quedaré atascada trabajando sola en esta asignación, sin embargo, no veo cómo eso es posible considerando que él tiene la hoja de asignaciones, y yo no. Lo sé, pero, aun así, no puedo eliminar la pizca de esperanza... espero que me envíe un mensaje de texto.

COLTON

ESTA SEMANA HA SIDO UNA MIERDA. GRACIAS A QUE algunos de los muchachos no se presentaron al entrenamiento el miércoles, nos quedamos atascados haciendo ejercicios a las ocho de la mañana del viernes. El viernes es el día en que puedo dormir y hacer mis propias cosas, pero aquí estoy. Afuera. Bajo el sol, porque Nueva Inglaterra es impredecible en lo que respecta al clima, por lo que pesar de su otoño, hace tanto calor.

Hoy estamos estancados dando vueltas. No es que corramos a campo traviesa o en pista, pero al entrenador le gusta el castigo colectivo. Nuestra defensa es lenta y los equipos rivales corren en círculos a su alrededor, haciendo pases de treinta yardas, atravesando nuestra defensa. No me malinterpretes, los muchachos pueden tacklear, pero si un mariscal de campo lanza un pase lo suficientemente largo, nuestros muchachos simplemente no pueden llegar allí. La ofensiva se queda tratando de ponerse al día cada vez. Y aunque puedo hacer pases, necesitas tanto una buena ofensiva como defensa para ganar partidos. Necesitas un buen equipo. Hemos podido mantener el ritmo, pero si queremos volver a ganar este año, tenemos que trabajar en nuestras debilidades. Los otros equipos lo han visto y sé que lo usarán a su favor. ¡Yo de seguro lo haría!

Crecí escuchando el dicho—: No quieres ser un buen jugador en un mal equipo. —Sé que estos chicos no son malos, pero necesitan que los pongan en forma. Así que, aunque el sol es cegador, y siento el sudor corriendo por mi cuerpo, corro. Corro porque soy el capitán y así es como lidero. Por eso estamos todos aquí, en la cancha, trabajando hasta el cansancio.

No tenemos opción. No tengo otra opción. Al menos no si quiero ser profesional. Hemos tenido cazatalentos interesados antes, pero tenemos que hacer que nos miren. Necesitamos darles algo para mirar. Necesitamos ser lo suficientemente buenos.

Cuando termina el entrenamiento, apenas puedo moverme. Me ducho en el vestidor, me cambio y luego miro el reloj. Ya son las cuatro de la tarde. Entrenamos durante ocho horas, tomando algunos descansos, sin embargo, nadie se quejó. Saben que es necesario si queremos ser los mejores.

Me dirijo a la casa y subo a mi habitación, que está lo más lejos posible de todos los demás. Dejo mi bolso de equipo y mi bolso de libros al lado de mi escritorio, y procedo a dejarme caer sobre el acogedor colchón. Me duelen los músculos. Estoy agotado y poco a poco me encuentro descansando.

ME DESPIERTO POR EL RUIDO DE MUEBLES SIENDO arrastrados de un lado a otro. Abro los ojos lentamente y me giro para mirar el reloj. Son las doce y media.

¡Mierda! Es sábado.

Dormí diecinueve horas. ¿Quién diablos duerme tanto tiempo? Salgo de la cama y me dirijo al baño. Necesito una ducha y lavarme los dientes. Escucho a mi estómago gruñir. Sí, comida. Yo también necesito comida.

Termino de prepararme y bajo las escaleras, donde inmediatamente veo a los chicos trabajando. Nunca están dispuestos a hacer nada, especialmente trabajar, a menos que se trate de una fiesta. De alguna manera, juntan sus cosas muy rápido para una fiesta.

Los sofás y la televisión se trasladarán al sótano para que cuando las cosas se pongan salvajes, como siempre sucede, nadie pueda romper nuestros muebles. Llevamos una semana planeando la fiesta de bienvenida oficial de esta noche. Extraoficialmente, es más como un visionado donde los chicos pueden explorar la —carne fresca—. Las nuevas chicas. A partir de esta fiesta, los chicos intentarán hacerse una idea de qué chicas son lo suficientemente fáciles para meterlas en la cama e incluso cuántas pueden meterse en la cama a la vez.

Ya no me interesa eso. Aproveché estas fiestas, y el estatus que venía tanto de estar en la fraternidad como de futbolista. Ese ya no soy yo.

—¡Oye, Colt, bienvenido de nuevo a la vida! —comenta Blake.

—Sí, hermano, estábamos empezando a preocuparnos —agrega Jesse.

—Probablemente tuvo una chica ahí arriba toda la noche. ¿Ella todavía está ahí? —Zack me da una sonrisa de suficiencia y levanta las cejas.

—¿Por qué, quieres mis sobras? —Bromeo. Por toda la mierda que me den estos chicos, los amo a todos. Son familia.

—Nunca. Sabes que puedo conseguir lo mío —responde Zack.

—Estoy bastante seguro de que todos hemos tenido sus sobras —agrega Chase con total naturalidad. Probablemente sea cierto. Me encojo de hombros y me dirijo a la cocina.

El resto del día pasa rápido, lo que siempre ocurre cuando la gente está ocupada. Ponemos todo lo que se pueda romper en el sótano. Instalamos barriles en la cocina y una cabina de DJ en la sala que funcionará como pista de baile esta noche. Corro escaleras arriba y tomo otra ducha. Realmente no estoy de humor para una fiesta, pero esta es una de las responsabilidades que conlleva ser presidente. Me preparo y cierro la puerta detrás de mí. Lo último que necesito es que alguien se acerque sigilosamente y se masturbe en mi habitación.

Bajo las escaleras, tomo una cerveza y voy al patio donde se ha encendido una fogata. Disfruto estar aquí en otoño. Las noches son especialmente espectaculares. Las estrellas son claramente visibles y brillan intensamente en el cielo. Esto, aquí mismo, es una de las razones por las que elegí ir a la escuela cerca de casa. Extrañaría demasiado New Hampshire si me fuera. Este lugar es mi hogar.

MIA

Él no ha enviado un mensaje. Probablemente no lo va a hacer. He estado esperando desde el miércoles. Pensé que al menos enviaría un mensaje con su información de contacto, pero no. Nada. Nulo. Ninguno. Nadita.

Me dije a mí misma que no lo esperaba. Quiero decir, seguro al principio, pensé que podría, pero ¿a quién engaño? Probablemente pasó los últimos tres días con una chica diferente, tal vez más de una. Idiota. No es que sea de mi incumbencia de todos modos, incluso si tenemos esta estúpida asignación en la que tenemos que trabajar juntos.

—¿Oye, M, qué estás haciendo? —Kiya dice mientras entra a mi habitación y se deja caer en mi cama.

Hago una señal con las manos a los papeles esparcidos a mi alrededor.

—Bueno, estaba haciendo mis tareas, pero ya terminé. —*Casi terminado de todos modos,* pienso con amargura.

—Bueno. Prepárate. Saldremos —ella exclama, la emoción visible en sus ojos.

Me arrojo encima de la gran almohada de mi cama.

—No, estoy cansada. —Bostezo para probar un punto.

—¡Oh vamos! Necesitas hacer algo divertido. Apenas haces algo.

—Hice algo divertido como hace dos fines de semana —me quejo.

—Eso es una mierda y lo sabes. Si recuerdas correctamente, la última vez que salimos, ni siquiera pudimos disfrutar. Implicó vomito. Me debes una —ella afirma, luciendo como una niña pequeña haciendo un berrinche porque no está obteniendo lo que quiere. Tiene los brazos cruzados y en realidad está haciendo pucheros. Todo lo que falta es que ella pise fuerte.

—No me lo recuerdes. —La imagen de Kaitlyn vomitando inmediatamente aparece en mi cerebro. Me río. Esa noche fue otra cosa. Esa fue la noche en que me encontré con Colton por primera vez... o, mejor dicho, se topó conmigo. Mierda, ¿por qué mi cabeza siempre vuelve a él? Siento que mi voluntad de quedarme en mi habitación y el sueño se debilita cuando sé que pasaré la noche pensando en él. Necesito una distracción, lo antes posible.

—¿Así que...? —Kiya pregunta expectante.

—¿A dónde vamos? —No hay forma de que vuelva a Eclipse. No después de la última vez.

—Vamos a una fiesta en una casa. Es una gran fiesta para dar la bienvenida a los estudiantes de primer año —

afirma con una mirada triunfante. Ha usado el verbo en plural, ella sabe que voy a ceder.

—Pero tú no eres una estudiante de primer año, y yo tampoco, Kiya. —No tiene ningún sentido. ¿Por qué nos presentaríamos a una fiesta que se organiza específicamente para estudiantes de primer año?

—¡Todos están invitados, tonta! Además, eres un estudiante transferido, ¡así que eres carne fresca! Al menos aquí en U.B.

—Está bien, está bien. Pero si me voy, tienes que prometerme que te quedarás conmigo. No quiero terminar en las noticias de la madrugada.

—¿Las noticias? Oh, quieres decir... Sí, claro, me quedaré contigo, pero no debes preocuparte. Cosas como esas no pasan en U.B.

—Sí, estoy segura de que eso es lo que la mayoría de la gente pensaba hasta que les sucedió. —Realmente me preocupo por lo que les puede pasar y les pasa a las chicas en los campus universitarios. No quiero contribuir a las estadísticas.

—Prometo pegarme a ti como cola, Mia —dice Kiya, levantando su mano derecha como si hiciera un juramento. Ella no se está tomando esto en serio. Arqueo las cejas, dándole una mirada seria.

—Alistémonos.

Doy mi consentimiento, pero le hago cumplir su promesa. Un bar es una cosa, pero he escuchado demasiadas historias y la mayoría de ellas no terminan bien cuando se trata de fiestas universitarias.

—Creo que estoy bien...

Kiya me interrumpe antes de que pueda terminar.

—Oh, no, no lo estás. Esta vez elijo tu atuendo. ¡No quiero que se burlen de mí por vivir con la chica con el peor estilo! Además, me lo debes teniendo en cuenta lo que te pusiste la última vez.

—Pe... —Empiezo a discutir, pero una vez más mi mejor amiga me interrumpe.

—Sin peros. Ahora ve y báñate. Pareces haber estado librando una guerra. —Ella no podría tener más razón. He estado librando una guerra, una de la que ella no tiene ni idea.

—Bien, mamá —bromeo. Aun así, me levanto, agarro mi toalla y me dirijo al baño porque discutir con Kiya no tiene sentido. Ella siempre se las arregla para salirse con la suya.

Aproximadamente una hora después, finalmente estamos listas. Y por lista, me refiero a L-I-S-T-A. Mi cabello está rizado, llevo mis botas de tacón favoritas, que esperé dos años para comprar en H&M. Son altas pero cómodas, tan cómodas que puedo correr con ellas si es necesario. También llevo una blusa gris con hombros descubiertos que tiene cortes en los lados. Muestra suficiente piel para ser sexy, sin cruzar la línea. También llevo jeans apretados, que puedo usar porque acepté dejar que Kiya me maquillara a cambio de que no me obligaran a usar pantalones de cuero. Lo que me lleva al maquillaje. Es hermoso, sutil, pero sensual y misterioso. En una noche normal, no soñaría con llevar algo tan atrevido, pero esta noche me siento particularmente valiente.

—¡Chica, te ves increíble! —dice Kiya. Hago una pose en respuesta. Sus ojos viajan de mis pies a mi cabeza. Parece complacida con su capacidad para hacerme ver como una persona diferente. Hace un gesto para sí misma y espera.

Pongo los ojos en blanco.

—Sí, sí. Luces bien como siempre. —Y es cierto. Se ha puesto un vestido color vino de manga larga que le llega justo por encima de la rodilla, combinado con un maquillaje espectacular y tacones negros.

—Oh, cállate —responde Kiya, pero sé que se siente mejor sabiendo que creo que se ve genial. Ha luchado con problemas de imagen durante un tiempo, a pesar de que es hermosa.

—Son las diez en punto, así que podemos empezar a dirigirnos allí —declara Kiya.

—Está bien, genial. Déjame agarrar mi bolso. —Salimos del apartamento y Kiya cierra la puerta. Es una noche pintoresca. Las estrellas iluminan el cielo y la temperatura es perfecta. Incluso después de estar en New Hampshire todo el verano, no me he acostumbrado a las noches tranquilas y luminosas. No creo que lo haga nunca.

Nos dirigimos a la fiesta a la luz de las estrellas. Respiro el aire limpio y automáticamente me siento en paz. Hay algo en este lugar... algo que me hace sentir que puedo empezar de nuevo.

7

MIA

PUEDO VER LA FIESTA DESDE UNA CUADRA ANTES DE
llegar. Hay grandes grupos de personas congregadas en
diferentes áreas. Todos sostienen vasos rojos y están
conversando entre ellos. Algunas cabezas se vuelven
hacia nosotros a medida que nos acercamos. Bueno,
menos en mi dirección y más a la de Kiya. Saluda a
algunas personas e ignora a otras. Algunos chicos le
gritan, la llaman sexy y le preguntan cuándo pueden
llevarla a una cita. Mi compañera de apartamento
rezuma tanta confianza que desearía poder pedir pres-
tada un poco.

Ella permanece a mi lado todo el tiempo. Me alegro de
que esté cumpliendo con nuestro acuerdo. También sabe
que no soy buena conociendo gente, ni tengo ningún
interés en conocer a sus otros amigos. No quiero que
sienta que tiene que conseguir amigos para mí o compar-
tirlos conmigo. Los haré yo sola. En algún momento.

Llegamos a la casa y la música está a todo volumen. El patio delantero está lleno de gente y parece que la casa ha vomitado a estudiantes universitarios. Está desbordándose. La idea de entrar en una casa repleta me pone ansiosa. Quiero dar la vuelta y volver a casa. Pero empujo esos pensamientos hacia abajo y fuerzo mis pies hacia adelante. Hoy seré valiente, aunque mañana vuelva a ser una cobarde.

—¿Estás lista para tu primera fiesta universitaria? —Kiya susurra, o intenta susurrarme al oído. Está tan ansiosa que en realidad termina gritando.

—Esperaba una pequeña fiesta. Este es más como un club— susurro y grito de vuelta.

—Sí, esta es la casa de los atletas, así que todos quieren estar en sus fiestas. Tienden a salirse de control.

Miro a Kiya con sospecha. Por supuesto que omitiría esta información cuando me pidió que saliera con ella esta noche.

Kiya pone los ojos en blanco, me agarra del brazo y grita —: Vamos. —Ella también dice algo más, pero sus palabras son ahogadas por la música fuerte que viene de la casa.

Si alguna vez has visto alguna de las películas sobre estudiantes universitarios y sus fiestas, te alegrará, o entristecerá, saber que las representaciones son correctas. Desde el momento en que entro por las puertas, veo beer-pong en un rincón, flip-cup en el otro, bailes muy explícitos y cuatro tipos metiendo barriles en lo que creo que podría ser la cocina. La casa está aún más llena de lo que parecía desde fuera. Aun así, puedo distinguir algunas caras familiares, que no esperaba ver, de mis clases de verano.

—¡Muy bien, lo hiciste! Estás dentro. Ahora vayamos a la cocina a tomarnos unas cervezas. Ya sabes lo que dicen sobre el alcohol —exclama Kiya.

—Um, de hecho, no tengo ni idea de lo que dicen sobre el alcohol. Ilústrame, genio —me burlo.

—¡El mejor lubricante social! —grita Kiya, riendo a carcajadas y llamando la atención en su camino.

Zigzagueamos hacia la cocina y tomamos dos cervezas. Están enlatadas y parecen una opción mucho más segura que el ponche misterioso. Abrimos las latas y vertimos la cerveza en vasos rojos.

Bebemos nuestras bebidas mientras caminamos por la casa. Es bastante grande y estamos buscando un lugar donde podamos estar cómodamente. Cuando encontramos un lugar que no es demasiado estrecho, pasamos el rato y bailamos con la música. Me sorprende descubrir que realmente me estoy divirtiendo.

—¿Te está gustando? —Kiya grita por encima de la música.

—¿U.B. o la fiesta? —pregunto con una voz igualmente fuerte.

—Ambas.

—Bueno, no está tan mal. Me gusta mucho la escuela y la mayoría de mis clases hasta ahora. —Hago una pausa—. Y esta fiesta es divertida. Gracias por obligarme a venir.

—¡De nada! Mira, es por eso por lo que siempre debes escucharme.

—Hmm, pensaré en eso. —De ninguna manera me comprometo con nada.

Seguimos bailando, nuestras caderas balanceándose y moviéndose, igualando el ritmo. Este no es el tipo de música que estoy acostumbrada a escuchar. En casa, en California, tocábamos bachata y merengue. Sin embargo, esto no está mal. Solo tu típica basura de radio. Aun así, es lo suficientemente bueno para bailar.

Kiya levanta su vaso rojo en el aire y la gira, mostrándome que está vacía.

—Necesito volver a llenarlo —grita.

Miro mi vaso y, decepcionada por su falta de contenido, miro a Kiya. Agarra mi vaso vacío y hace una señal a la cocina. Asiento con la cabeza y ella se aleja, dejándome para proteger nuestro espacio.

Ahora me siento más a gusto, así que no me importa estar sola unos minutos. Aunque suceden muchas cosas a mi alrededor, la gente parece demasiado absorta en sí misma, y entre sí, para prestarme atención.

Al otro lado del lugar, veo a un tipo pelirrojo que se dirige hacia mí. Miro detrás de mí, sabiendo que era una estupidez ya que Kiya y yo habíamos elegido un lugar cerca de la pared. Empiezo a entrar en pánico internamente.

De verdad.

Quiero salir corriendo, pero me detengo. Eso claramente sería una reacción exagerada y Kiya no me dejaría olvidarlo.

Me obligo a quedarme allí mientras el pelirrojo, a quien finalmente reconozco como un chico de la clase, el mismo chico con el que estoy en un grupo, Hayes, cierra la distancia. Se acerca... y se acerca... Y luego está directamente frente a mí. No tiene mal aspecto. De hecho, se ve bien.

—Hola, soy Zack. ¿Cuál es tu nombre? —me pregunta, arrastrando las palabras un poco.

—Mia. Estamos en clase juntos, ¿recuerdas? En el mismo grupo, de hecho —digo, metiendo un mechón de cabello detrás de la oreja, un hábito nervioso.

—Oye, Mia, ¿mi amigo de allí quiere saber si puede tener tu número? —Zack dice a centímetros de mi oído.

—Oh —respondo. Miro detrás de él para ver a quién podría estar refiriéndose. Veo a un tipo alto y musculoso con el pelo rubio corto.

Él tose, devolviendo mi atención a él.

—Sí. —Luego se endereza y agrega—: Quieres saber dónde puedes encontrarme por la mañana.

COLTON

LA ESCUCHO ANTES DE VERLA. SU RISA LLENA EL LUGAR, O al menos mis oídos, incluso por encima del sonido de la música. Mis ojos la señalan entre la multitud. Está doblada por la cintura, riéndose con fuerza de lo que sea que Hayes acaba de decir.

Supongo que a ella no le disgusta todo el mundo después de todo.

Sólo yo.

Hayes es un idiota. Olvida eso. Un gilipollas con suerte.

Cuando finalmente ella se pone de pie y recupera la compostura, su rostro está sonrojado. Zack pone su mano en su cintura, acercándose a ella y susurra algo más. Mis dedos se contraen mientras Mia se mete un mechón de cabello detrás de la oreja.

MIA

—HAY MÁS DE DONDE VINO ESO —grita-susurra ZACK en mi oído.

—Apuesto a que sí —respondo, finalmente recuperando el aliento después de reírme con tanta fuerza que me duelen los costados—. ¿Usas esa línea en todas las chicas?

Zack es tan arrogante como esperaba que fuera cuando lo vi sentado junto a Colton en clase. Lo que no esperaba era la línea cursi para ligar.

—Si funciona, ¿por qué cambiarlo? —Se encoge de hombros, con una sonrisa en su rostro. Apuesto a que cree que es digno de enamorarse.

Le doy una palmada en el hombro.

—Supongo que será mejor que vayas y las pruebes con otra persona, amigo.

Él finge decepción, se pone la mano en el corazón y murmura—: Si cambias de opinión, búscame. —Me guiña un ojo y se aleja.

Bueno, eso fue interesante.

Miro hacia arriba para encontrar a Kiya volviendo hacia mí. Con dos tragos en la mano, me temo que dejará caer mi cerveza mientras se balancea con la música.

Kiya me entrega un vaso.

—Aquí tienes.

—¡Ya era hora! —Exclamo—. Creo que estoy sobria ahora.

Le doy una mirada de horror.

—Hubiera venido antes, su majestad, pero estabas ocupada con Zack. —Ella me guiña un ojo.

Yo suspiro—. ¿Conoces al pelirrojo? ¿Por qué no estoy sorprendida?

—¿Pelirrojo? Buen apodo. Muy original. Y porque conozco a todos.

—Sarcasmo, Kiya... sarcasmo.

—Lo que sea. ¿Qué fue eso? —Kiya pregunta, levantando sus cejas sugestivamente.

—Nada. Quería probar sus frases para ligar conmigo —respondo.

—¿En serio? —Kiya se ríe.

—Sí.

—¿Yyyyy?

—Yyyyy, nada. Le dije que fuera a probarlas con otra persona.

Kiya se ríe a carcajadas.

—Me hubiera encantado haber sido testigo de eso. Manera de darle un golpe bajo en su ego. —Kiya levanta su mano en el aire y choco los cinco con ella.

—Ya sabes cómo lo hago.

La fiesta se hace más grande y ruidosa. Kiya y yo hablamos sobre la clase, la escuela y la vida. Es interesante cómo un lugar con tanto caos puede prestarse a las conversaciones más profundas.

Dos cervezas después, recupero mi entusiasmo. Mi cuerpo está relajado y no en su perpetuo estado de vigilancia.

No está mal, Collins, no está mal.

—¡Oye, Kiya! Ven a jugar —grita un chico alto, guapo y de piel oscura. Está de pie junto a una mesa de beer pong, la misma mesa que vi cuando entramos a la casa.

—¡No, Blake, estoy bien! —Kiya responde. Sé que quiere hacerlo porque en el momento en que él le dirige la pregunta, parece que se va a derretir.

—Oh vamos. Tú y tu amiga pueden jugar. Necesito vencer a alguien nuevo —dice el engreído, caminando hacia nosotras.

Kiya rechaza la invitación una vez más.

—Está bien, lo entiendo. Tienes miedo de que te pateen el trasero —dice con una sonrisa de come-mierda.

Kiya pone los ojos en blanco.

—Sí, claro, porque esa es la razón, Blake.

—Jugaremos —anuncio, dejando que mi espíritu competitivo se apodere de mí. Kiya se vuelve hacia mí, con una mirada interrogante en sus ojos. Asiento en confirmación, y las cejas de Kiya casi golpean el techo.

—Es un juego. Vamos a callarlo, Kiya. —Las palabras salen de mi boca incontrolablemente. Mierda, estoy en llamas. Hablando de coraje líquido.

—Muy bien, chicas, juguemos. Pero para que esto sea justo, haremos grupos de chicos y chicas.

Entrecierro los ojos, mi sangre feminista hirviendo. Blake cree que tenemos cero posibilidades de ganar, como si estuviéramos condenados sin un chico en nuestro grupo.

—Estamos bien. Kiya y yo contra ti y quien quieras —le respondo.

Mierda, ¿en qué diablos me estoy metiendo? Mi boca y mi cerebro no se conectan. Claramente. Kiya tampoco está ayudando. Ella está mirando el intercambio, su mirada cambia de un lado a otro como si estuviera viendo un partido de tenis.

—Mierda. Muy bien, cariño. No llores cuando acabemos contigo. —Blake se da vuelta y se acerca a la mesa, y lo seguimos. Esperamos a que termine el juego actual y, tan pronto como termine, Blake solicita que ambos grupos despejen la mesa. Bueno, la solicitud es decirlo con amabilidad; él los espanta.

—Zack, ven y sé mi compañero —grita Blake al otro lado del lugar—. Vamos a mostrarles a estas chicas quién manda.

Me estremezco ante la palabra *chica*s y el despliegue de machismo.

Claramente irritado por la interrupción, Zack mira a Blake antes de que sus ojos recorran mi cuerpo a pesar de que está con otra chica. Levanta los hombros y dice—: No, estoy bien —luego regresa a su tarea principal de empujar su lengua por la garganta de una morena. Supongo que me lo merezco por reírme de sus primeros intentos.

—Blake, si vas a desafiar a alguien y hablar mierda, al menos deberías tener un compañero, amigo —dice Kiya, batiendo sus pestañas y moviendo su cabello en su característico movimiento de coqueteo con Kiya.

—Yo jugaré —dice una voz familiar detrás de nosotros. En mi embriaguez, asumo que lo estoy imaginando. Casi había pasado toda la noche sin pensar en él. Me quedo quieta, que aparentemente es mi movimiento para seguir cuando no sé qué hacer.

—Perfecto. Gracias, Hunter —dice Blake, confirmando mis sospechas—. Ustedes, chicas, deberían rendirse ahora.

Kiya pone sus manos en su pecho coquetamente y lo aleja de un empujón.

Mientras yo me quedo ahí... otra vez.

Congelada.

Puede haber otros Hunter. Debe haberlos.

Mientras me convenzo de que puede ser un hermano o un primo, siento el calor de su cuerpo cuando se acerca a nosotros. Un aroma hermoso viene con él, y el olor es poderoso, fuerte, pero de la mejor manera: apropiado para un macho alfa.

Colton pasa a mi lado. Observo su espalda mientras se dirige hacia Blake, que está de pie frente a la mesa. Pero no sólo miro. Me quedo boquiabierta. Lo miro. Aunque vestido con los atuendos más básicos, todavía parece un dios griego. Irreal.

Sigo su cuerpo con mis ojos. De los pies a la cabeza. Me muerdo el labio con admiración e intento reprimir los sentimientos que están surgiendo rápidamente dentro de mí. Cuando finalmente me atrevo a mirarlo a la cara, él también se muerde el labio, absorto en sus pensamientos. Kiya me da un codazo, sacándome de mi trance. Afortunadamente, no me ve mirándolo, de nuevo, ya que parece estar planeando una estrategia con Blake. Bien. Lo último que necesito es que vea que me afecta de alguna manera.

—¿Estás lista? —Me pregunta Kiya.

—Hagámoslo.

Que empiece el juego, hijos de puta.

Blake prepara los vasos mientras Colton está parado allí con los brazos cruzados, los bíceps tensos contra su camiseta. Ni una sola vez mira en mi dirección. Si se ha dado cuenta de que estoy jugando contra mí, no lo demuestra; probablemente ni siquiera le importe.

—Muy bien, supongo que sabes cómo funciona el juego, así que nos saltaremos la introducción —afirma Blake.

Ambos le damos la seña de pulgar arriba, acompañado de un giro de ojos. Me voy a divertir demasiado pateándole el trasero.

—Está bien, señoritas, juguemos —Blake grita emocionado. Kiya y yo ocupamos nuestros lugares.

—Las damas primero —dice Blake burlonamente, haciendo una reverencia.

Me hace reír un poco. Pongo mi mano sobre el hombro de Kiya, indicándole que debería ir primero.

Kiya se acerca a la mesa, dispara y falla. Por un amplio margen. Veo la sonrisa en los rostros de Colton y Blake. Con dientes llenos, sonrisa triunfante que quiero borrar de sus rostros tan desesperadamente.

Tomo el lugar de Kiya y sostengo la pelota de ping-pong entre el pulgar y el índice. Respiro hondo y tomo mi tiro. Como la de Kiya, la pelota roza todos los vasos y cae directamente en el suelo.

Los chicos se ríen. Digo chicos, porque no son hombres. Estoy segura de que nuestro duro comienzo les ha hecho creer que será una victoria fácil. Pero no esta noche. ¿Qué dicen? Ah, sí, lento y constante gana la carrera o como decía mi madre: *el que ríe de ultimo ríe mejor.* este juego está lejos de terminar.

Blake se acerca a la mesa a continuación, se estira y luego hace bostezos falsos como si este juego lo estuviera aburriendo. Lanza la pelota y entra en uno de los vasos. Kiya toma el penalti, salvándome al tragar el primer trago en menos de un minuto. El siguiente es Colton. En lugar de mirarlo a los ojos, miro la pelota de ping-pong que descansa entre sus dedos. Lo miro como si fuera lo más interesante del mundo. También miro sus manos. Manos grandes y fuertes. Tal vez manos trabajadoras. Suelta la pelota y rebota en los dos primeros vasos, cayendo en el tercero. Me maldigo mentalmente y empiezo a tragar la cerveza. Termino dos, mientras Kiya traga el tercero.

Empiezo a lamentar mi decisión de jugar.

COLTON

Sus mejillas están tan rojas como manzanas. No sé si es por las dos cervezas que acaba de beber o por alguna otra cosa. Sin embargo, ahora está menos protegida y la barrera permanente que ha erigido ha desaparecido. Tal vez sea el alcohol, pero me atrevo a decir que parece estar divirtiéndose. Me pregunto si esta es la primera vez que no le importa un carajo nada ni nadie a su alrededor.

La miro una vez más, notando cómo entrecierra los ojos mientras se concentra en los vasos frente a ella. Me doy cuenta de que está con todo, su espíritu competitivo se hace cargo. Parece lista para atacar. Ella falla su tiro una vez más y resopla de frustración. Ella está enojada. Ella también se ve muy buena. Es lindo ver cuánto más enojada se pone cada vez que Blake y yo hacemos nuestros tiros. Ella realmente es tan competitiva como los demás; lo reconocería en cualquier lugar.

Este nuevo conocimiento es algo muy interesante para mí. Esta es mi oportunidad de comunicarme con ella. Siento como si todas las estúpidas fiestas a las que he ido me hubieran preparado para este preciso momento. Voy a ser dueño de este juego y, al hacerlo, espero llamar la atención de Mia. Si soy honesto, es por eso por lo que decidí jugar este juego para empezar. Ella me atrae. Me alejé cuando la vi con Zack, pero como un imán, ella me atrajo hacia adentro. Incluso desde lejos, soy consciente de cada uno de sus movimientos.

Vuelvo mi atención al juego; es mi turno. Me concentro tanto como puedo, y ayuda estar bastante sobrio. Tomo mi tiro, apuntando al vaso más alejado de mí y más cercano a Mia. Ella se queda ahí parada, con la cabeza inclinada y la mano derecha en la cadera, mirando con incredulidad el vaso que sostiene la pelota de ping-pong.

Unos minutos más tarde, el juego termina. Aunque las chicas empezaron a hacerlo mejor, Blake y yo ganamos. No puedo evitar sonreír. Mia parece enojada, como si acabara de perder un evento olímpico. Le doy un puñetazo a Blake, agarro un vaso de la mesa y tiro la cerveza. Cuando miro hacia arriba, veo a Blake dirigiéndose hacia las chicas. Casi lo sigo.

—Te dije. No hay posibilidad —le oigo decir mientras pone su mano en la mejilla de Kiya.

Ella es alta, de piel oscura y atractiva. Ella sonríe ante el gesto de Blake y lo empuja juguetonamente. Puedo decir que a ella no le importa demasiado ganar o perder; ella solo quiere coquetear con él.

Mia permanece detrás de ellos. Ella luce cautelosa de nuevo, sus ojos vagando, asimilando todo lo que la rodea. Busca en el lugar, pero nunca me mira.

Estoy a punto de acercarme a ella para llamar su atención una vez más. Anhelo mi próxima dosis. Doy un paso en su dirección cuando siento el brazo de alguien, una chica, envolver mis caderas, mientras su pecho empuja mi espalda. Me doy la vuelta rápidamente y veo a Abby parada allí. Pero antes de que pueda decir algo, se pone de puntillas y presiona su boca contra la mía.

Probar el alcohol sabor canela en sus labios significa solo una cosa: ella está borracha. Sus manos serpentean en mi cabello. Sólo se necesita un sonido suave que se escapa de sus labios para traerme de vuelta a la realidad, una realidad en la que recuerdo quién me está besando y qué quiere. Inmediatamente me alejo, quitando sus manos de mi cabello. Ella me mira, intentando una sonrisa seductora. Pero no reacciono. Solo la miro. No necesito recordarle que hemos terminado. Ella puede verlo en mis ojos.

Su sonrisa cae y es reemplazada por un puchero. Se da cuenta de que no voy a ceder, así que se vuelve a poner la máscara de sin problemas. Es la máscara que usa para esconderse. La fachada que muestra a los demás que a ella no le importa que la rechacen. Moviendo su cabello, se aleja.

Me quedo ahí sintiéndome como un idiota. Sé que es mejor no estar con alguien que quiere más, espera más de mí, pero lo hago de todos modos. Sé que es mejor no involucrarme con mujeres. La vida me ha enseñado eso.

De repente, la casa está demasiada llena para mi gusto. Me siento encerrado, enjaulado, asfixiado. Entonces, me dirijo al patio. Veo a Abby hablando con algunas de sus hermanas de la fraternidad. Ignoro su intento de llamar mi atención de nuevo y abro la puerta. Inmediatamente siento alivio. La brisa y las estrellas son mi refugio. Me siento de nuevo cerca de la fogata. Está vacío aquí, todos prefieren el ruido de la fiesta al sonido tranquilo del aire libre. Pongo los pies sobre un taburete y respiro hondo.

8

COLTON

Soy un idiota.

Y como el idiota que soy, he dejado de pensar y me he limitado a sentir. He dejado que la chica manipule mis emociones, que las controle. Lo que es mi culpa. Necesito madurar. Podría haber seguido con mi noche, pero en cambio dejé que Abby me cabreara y me puse en tiempo fuera.

Como un niño.

Regreso al interior de la casa, notando que la fiesta no ha amainado. Mientras camino hacia la sala, veo una multitud reunida cerca de la mesa en que juegan con la pelota de ping-pong. La gente canta en voz alta, animando a alguien. Me acerco para ver de qué se trata la conmoción, y es entonces cuando veo una fila completa de tragos alineados. Frente a ellos están Mia y Kiya. Tomándose trago tras trago, abriéndose paso a lo largo de la fila mientras todos gritan y gritan—: ¡Trago! ¡Trago! ¡Trago!

Después de que terminan, las veo balancearse, el alcohol bajando demasiado rápido a través de sus sistemas. Instintivamente, quiero ir con Mia. Quiero protegerla y cuidarla, pero también quiero gritarle por ser tan imprudente. Pero luego recuerdo; ella no es mía para que la esté cuidando.

Como una sombra, la miro desde la distancia. Con piernas temblorosas, regresa a la pista de baile, acompañada de Kiya, y comienzan a bailar. Sus movimientos son torpes, pero nadie les presta atención; todos están borrachos. Kiya agarra a Mia del brazo y la hace girar en círculos un par de veces. Se ríen a carcajadas, borrachas, pero también con alegría. Para alguien que siempre es tan cautelosa, la guardia de Mia está baja por segunda vez esta noche. El alcohol ha eliminado sus inhibiciones.

Lo que sé con certeza es que mañana no recordará esto. El único recordatorio burdo será una cruda resaca.

Se inclina cerca de Kiya y le pregunta algo. Kiya levanta la mano y señala en dirección a las escaleras. Mia comienza a moverse de esa manera mientras la atención de Kiya se vuelve hacia Blake, quien la llama para que baile. Mantengo mi mirada en Mia mientras sube las escaleras. Ahí es cuando veo a uno de los chicos del equipo de hockey, Brandon, mirar en su dirección y luego seguirla.

Me muevo sin pensar, abriéndome paso entre la multitud. Me encuentro con algunas personas en el camino, pero me importa un carajo. Cuando llego a lo alto de las escaleras, veo a Brandon entrar en una habitación con una rubia que parece haberlo estado esperando. Estoy a punto de bajar las escaleras cuando veo a Mia salir del baño a trompicones. Está tan borracha que casi se cae al suelo, pero llego lo suficientemente rápido para evitar que repita lo que pasó en clase.

Ella me mira. —Entonces, creo que esta es la parte en la que te agradezco por salvarme —dice burlonamente, sus palabras arrastrándose. No entiendo lo que quiere decir. Quizás así es como actúa cuando está borracha.

—No tienes que hacer nada que no quieras —respondo, refiriéndome a cada palabra.

—Tengo modales —ella responde, dejándome confundido.

¿Ella simplemente insinuó que no tengo modales?

¿Por qué está tan enojada y por qué está dirigida a mí?

—Muy bien, señorita Modales, entonces supongo que debería agradecerme. Y al contrario de lo que puedas creer, por alguna razón desconocida, tengo modales.

—Mentiras. ¡No tienes modales! Simplemente te encuentras con personas sin preocuparte por si las lastimas o no —dice.

Me estremezco ante sus palabras. Son ciertas hasta cierto punto, o al menos, lo han sido durante un tiempo.

No me importa un carajo nadie más. Quienquiera que se interpusiera en mi camino, se merecía lo que obtuvieron en lo que a mí respecta. Pero por la forma en que lo dijo, es casi como si yo personalmente le hubiera hecho algo. Sin embargo, ese no puede ser el caso. No la recuerdo. Yo la *recordaría*. Ella no es alguien a quien puedas olvidar, incluso si lo intentaste.

—¿Qué quieres decir? —pregunto, pasando mi mano por mi cabello.

—Chocaste conmigo y no te molestaste en ver si estaba bien —continúa.

—¿De qué estás hablando?

—No importa, simplemente lo —hace una pausa, levantando las manos para hacer comillas al aire mientras agrega—: superaré.

Tiene que dejarme entrar un poco esta noche, aunque no lo recuerde mañana.

—Yo no... —comienzo, frustrado.

—No te acuerdas, ¿verdad? Por supuesto que no —ella continúa, sin dejarme hablar—. ¡Ni siquiera fui un destello en tu magnífico radar!

—¿Recordar que? —pregunto, alzando la voz—. ¿Me lo puedes deletrear?

—No importa —responde mientras comienza a alejarse. Inmediatamente la sigo, tomándola del brazo, obligándola a darse la vuelta. Mira dónde la estoy tocando, como si pudiera sentir la misma conexión conmigo que yo siento con ella, lo mismo que sentí la primera vez que la toqué.

—Por favor, dímelo —insisto suavemente.

—Es inútil, de verdad. No fue nada. —Ella se sonroja—. Me doy cuenta de eso ahora.

—Dime de todos modos —presiono, porque por alguna razón necesito saberlo. Mis dedos pican por tocarla de nuevo, y me rindo. Mi mano ahueca su barbilla mientras hago un esfuerzo para que ella me mire. Se pone rígida en el momento en que la toco, pero luego se relaja visiblemente, cediendo y apoyándose en mí, como si ella también estuviera ansiosa por restablecer nuestra conexión.

—Hice un gran asunto con la nada. Yo... simplemente olvídalo —ella afirma.

—Ya dime.

Ella resopla.

—Fue hace dos semanas, antes de que comenzaran las clases. Mi compañera de apartamento y yo encontramos a tu hermana borracha en un club, algo así como lo estoy yo ahora, así que te llamamos.

Antes incluso de que termine de contar la historia, todo vuelve a mí.

—Choqué contigo y te dije que lo superaras ¿no es así? —digo.

Ella asiente y dice—: Fue patético. No debería haberle dado mucha importancia, pero me caí y me lastimé el hombro, lo menos que pudiste haber hecho fue comprobar que estaba bien —dice mientras una lágrima se desliza por su rostro.

—Lo siento —respondo, sintiéndome como el idiota más grande del mundo.

No puedo creer que la lastimé.

—Yo había tenido una noche realmente mala. No es una excusa para mi estupidez, y lo siento mucho —le digo, masajeando ligeramente sus hombros como si eso lo mejorara.

—Está bien. No tienes que expli...

—Acababa de recoger a mi hermano de la comisaría y luego recibí la llamada sobre Kaitlyn —continúo.

—No lo sabía.

Por supuesto que no lo sabía.

—Sí, fue una noche de mierda, y yo estaba de un humor aún más horrible. No era mi intención chocar contigo, y lo decente habría sido ayudarte a levantarte y asegurarme de que estabas bien, pero tenía una visión de túnel. Soy un idiota.

—Comprensible. No pareces un idiota en este momento. —Ella se ríe de buena gana, el sonido hace que me una a ella.

—¡Eso dices ahora! Y como tengo modales, puedes llamarme Caballero. —Le guiño un ojo antes de continuar—. Pido disculpas por mi comportamiento.

Me inclino, provocando otra risa de ella. Que me condenen si no voy a intentar hacerla reír tanto como pueda. Es música para mis oídos y quiero que el sonido se repita.

—Un caballero que a veces es un idiota, pero no deja de ser caballero —agrego medio en broma.

—Ya veo eso —responde ella, deslizándose hacia el suelo de espaldas a la pared. —No hicimos nuestra asignación.

—¿Qué asignación? —le pregunto en voz alta, preguntándome cómo puede cambiar de tema tan rápidamente.

—Las preguntas que debemos responder y resolver un problema. ¿Qué se supone que debemos hacer para el Seminario? Ibas a enviarme un mensaje de texto para fijar una hora para encontrarnos, pero nunca lo hiciste.

Me uno a ella en el suelo. —Tuve un día loco el miércoles. El jueves no fue mucho mejor con las clases y el entrenamiento, y el entrenamiento de nuevo el viernes por la mañana. Dormí un poco hasta el sábado por la noche— digo, castigándome internamente por olvidarme de enviarle un mensaje de texto.

—¿Dormiste todo el viernes?

—No todo. Dormí como diecinueve horas.

Sus ojos se ensanchan.

—¿Quién diablos duerme tanto tiempo?

—Estaba agotado. —Finjo un bostezo y me tapo la boca con la mano.

Un silencio suave cae entre nosotros.

—¿Entonces, qué hacemos con el trabajo? —pregunta tímidamente.

—Podemos hacerla mañana —digo rápidamente, emocionado ante la idea de volver a verla.

Cierra los ojos y apoya la cabeza en mi hombro.

—Okey. —Ambos nos quedamos así por un tiempo hasta que la escucho respirar. Miro hacia abajo; ella se ha quedado dormida.

MIA

Se siente como si alguien estuviera tocando batería en mi cabeza. Poco a poco empiezo a abrir los ojos y me doy cuenta de que la habitación está oscura. Giro a mi izquierda en busca de mi despertador. No está ahí. Intento el otro lado, viendo un reloj. Son las seis de la mañana. Demasiado temprano. Vuelvo a cubrirme la cabeza con las sábanas, no estoy lista para comenzar el día, todavía no.

Y luego me golpea.

Estas sábanas no huelen a mis sábanas.

Estas almohadas no son mis almohadas.

Mi despertador siempre está a la izquierda.

Mierda.

Esta no es mi cama.

El pánico florece y me levanto de golpe. Mi corazón late tan fuerte como mi cabeza. Desorientada, trato de levantarme, pero mis pies se enredan en las sábanas y caigo, de cara, al suelo.

Me levanto lentamente, tratando de recuperar el equilibrio. En la oscuridad cercana, me muevo hacia donde creo que está la puerta. Tanteo en la pared en busca de un interruptor de luz. Necesito evitar que la oscuridad me consuma. Necesito claridad. Necesito saber dónde estoy.

Enciendo la luz y miro a mi alrededor. Definitivamente esta no es mi habitación. Veo un espejo y me acerco a él. Quiero verme para asegurarme de que estoy bien. Miro mi reflejo y, aparte del maquillaje que cubre mi rostro, todo parece estar bien. Mordiéndome el labio, miro hacia abajo y descubro que todavía estoy usando la ropa que tenía anoche. El alivio me invade. No fui atacada, o al menos no hay rastro de ello. Aun así, la pregunta persistente es, ¿dónde estoy? ¿Y por qué estoy durmiendo en la habitación de otra persona? Camino de regreso hacia la puerta, pero me detengo en seco cuando está se abre...

Y Colton entra.

El sudor le gotea de la frente, le resbala por la cara y le llega al cuello de la camiseta gris. A juzgar por sus zapatos, acaba de regresar de correr, pero ¿quién diablos corre a las seis de la mañana? Y luego me doy cuenta.

Estoy en *su* habitación.

El hoyo en mi estómago se convierte en un enorme sumidero y quiero que me trague entero.

—¿Cómo diablos terminé aquí? —le pregunto, temiendo cuál podría ser la respuesta.

—¿No recuerdas lo que pasó anoche? —pregunta con una sonrisa.

Recuerdo partes de ella, de cómo estábamos jugando al beer pong, cómo lo vi besando a la rubia, cómo me había hecho sentir cuando la había seguido. Algo parecido a los celos se había apoderado de mi estómago, pero sabiendo que él no es mío, lo empujé hacia abajo de la única forma que sabía, la única forma en que mi padre sabía, con el alcohol.

Sal. Tequila. Limón. Repetir.

—Yo no... ¿Por qué estoy aquí? ¿Esta es tu habitación? —Internamente, estoy en modo de pánico total. Externamente, sin embargo, lo mantengo controlado. Necesito todas las piezas que faltan de anoche. Necesito saber por qué me desperté en esta habitación, en *su* habitación. Se suponía que Kiya y yo debíamos estar juntas. ¿Dónde está mi amiga?

—Se quedó con Blake —dice Colton antes de que yo termine la pregunta, como si pudiera leer mi mente.

A Kiya le gusta Blake, lo sé. Estoy segura de que estará a salvo con él, pero me duele que me haya dejado. Teníamos un acuerdo.

—Todavía está en la casa. Ambas estaban demasiado borrachas para irse a casa. Entonces, Blake les ofreció a las dos quedarse aquí. Blake la puso en su cuarto y yo a ti en el mío —dice con calma. Se aparta de la puerta y se apoya en su escritorio, con los brazos cruzados y el sudor aun goteando. Lucho contra el impulso de lamerme los labios.

—¿Por qué no nos dejaron en la misma habitación? ¿Por qué separarnos? ¿No crees que es un poco extraño llevar a una chica que no conoces a tu habitación? ¿Dónde dormiste?

Las preguntas surgen demasiado rápido, mi mente va a un millón de millas por hora.

—No sería la primera vez —responde.

Estúpido.

—¿Y dónde crees que dormí? —me pregunta.

—No estoy de humor para jugar, Colton. Ya que recuerdas lo que pasó anoche, dímelo.

Finalmente se da cuenta de que no estoy bromeando. Sentado en la silla frente a su escritorio, se vuelve hacia mí y me dice—: Está bien. Estaba afuera tomando aire fresco. Cuando volví adentro, tú y Kiya estaban tomando como si fuera agua. Luego subiste al baño, creo. Yo estaba ahí arriba porque iba a hablar con uno de los muchachos. Saliste del baño, tropezaste y casi te caes. Te atrapé y nos sentamos en el suelo un rato. Me quedé contigo porque quería asegurarme de que estuvieras bien.

Mientras habla, las cosas empiezan a volver a mí. Recuerdo sentir como si me hubieran quitado la alfombra. Recuerdo que me caí y luego alguien me abrazó.

—¿Qué pasó después de que me atrapaste? —pregunto, tratando de obtener la idea completa.

—Hablamos de lo idiota que fui contigo cuando nos conocimos. Me disculpé y tú, Señorita Modales, se quedó dormida en mi hombro.

Escucharlo decirme lo que sucedió me trae el resto de los recuerdos. Lo recuerdo sentado a mi lado en el suelo mientras yo me apoyaba en su hombro con los ojos cerrados.

—¿Dónde dormiste?

—Dormí en el sofá. —Sigo su dedo índice hacia el otro extremo de la habitación. Veo las sábanas desordenadas encima del sofá. El alivio me recorre una vez más. No me acosté con nadie anoche. No me acosté con él. Solo dormí.

—Ah, okey. Bueno, gracias por dejarme quedarme anoche —digo, rebotando sobre los dedos de mis pies. Lista para irme, pero de alguna manera todavía de pie en el mismo lugar.

—Sí, estoy a tus órdenes. —Él se rasca la cabeza—. Y, oye, ten cuidado cuando bebas, ¿de acuerdo? Ya sabes, este mundo está lleno de imbéciles dispuestos a aprovecharse de cualquiera que puedan.

Su sentimiento parece honesto y sincero. Pero no me está diciendo nada que no sepa. Ya me he encontrado con demasiados imbéciles en mi vida. Hasta hace poco, estaba entre ellos.

—Espera, ¿tu novia no se va a enojar porque dejaste que otra chica se quedara a dormir? —le pregunto en el momento en que recuerdo a la chica con la que se había estado besando anoche.

—Si esta es tu forma de preguntarme si estoy soltero, la respuesta es sí —bromea.

—No, esta es mi forma de preguntar si a la chica con la que te estabas besando anoche le importaría —respondo antes de que pueda censurarme. Siento los celos goteando de mis palabras cuando la declaración sale de mi boca. Espero que él no se dé cuenta.

—Ella podría, pero no importa. Ella y yo no somos nada —dice con total naturalidad.

—Parecía más que nada anoche —respondo.

¿Por qué diablos voy a bajar por esta madriguera de conejo? No es asunto mío.

—No importa; no es de mi incumbencia —repito en voz alta. Queriendo que él sepa que no puede importarme menos—. Me voy a ir.

Camino hacia la puerta, pero giro sobre mis talones cuando me agarra del brazo.

—¿Adónde vas?

—A casa —contesto—. No es una práctica común que me quede en la habitación de un extraño.

Él frunce el ceño.

—Son las seis de la mañana. ¿Vas a caminar a casa a esta hora? —me pregunta.

—¿Por qué no?

Sus ojos viajan por mi cuerpo.

—Porque parecerá que estás haciendo la caminata de la vergüenza.

Mis ojos se agrandan como platos. No pensé en cómo me vería saliendo de esta habitación con la misma ropa de anoche.

—Si me voy más tarde, será lo mismo, además, toda la casa estará lista para entonces. La mejor opción es irse ahora cuando la menor cantidad de personas se dé cuenta. —Agarro el pomo de la puerta una vez más.

—Oye... espera. —Empieza a mirar a través de sus cajones—. Déjame traerte algo de ropa para que puedas cambiarte de eso que traes puesto.

Saca una sudadera con capucha negra y unos pantalones deportivos y me los entrega.

Lo miro, preguntándome si usa algo más que pantalones deportivos, sudaderas con capucha y camisetas sin mangas.

—Okey. Gracias. —Lo miro intensamente. Cuando no se da cuenta, levanto las cejas y digo—: ¿Te importaría? No voy a darte un espectáculo cambiándome frente a ti.

Sus ojos se ensanchan.

—¡Mierda! Sí, yo... esto... me iré. —Se tropieza con la silla y comienza a caminar hacia una puerta—. Déjame agarrar mi toalla y me daré una ducha rápida mientras te cambias. Entonces puedo llevarte a tu casa.

—No es necesario, puedo caminar. No está tan lejos.

—Yo quiero hacerlo —él responde—. Además, tenemos un trabajo que hacer, señorita Modales.

Él lo recordó.

—Ese apodo ya es molesto.

—Siempre puedes llamarme señor Caballero —dice mientras desaparece en el baño, cerrando la puerta detrás de él. En segundos, la ducha se abre. Aprovechando que estoy sola, examino su habitación. Mi inspección inicial muestra que, aparte del desorden de sábanas en el sofá y la cama, la habitación está impecable.

Aun sosteniendo la ropa, me acerco a la estantería frente al sofá. Me muevo rápidamente a través de los títulos de los libros y capto mi atención cuando encuentro algunos de mis favoritos: Cumbres borrascosas de Emily Bronte, Sus ojos estaban mirando a Dios de Zora Neal Hurston y Parentesco de Octavia E. Butler. Sintiendo que he estado fisgoneando durante demasiado tiempo, me pongo la ropa que me dio Colton. Mientras me cambio, vigilo la puerta del baño, por miedo a que se abra y me exponga. La sudadera que me presta me llega hasta los muslos y los pantalones deportivos son demasiado grandes. Los enrollo por la cintura hasta que parezco medio normal y ya no se arrastran por el suelo. Entonces escucho que el agua se corta. Segundos después, se abre la puerta. Colton sale con una toalla envuelta alrededor de sus caderas. Cada músculo es visible. Me lamo los labios al ver su paquete de seis y la V desapareciendo bajo el borde de su toalla.

—Joder, lo siento. Olvidé agarrar mi ropa —dice tímidamente.

—Ah —me aclaro la garganta y lo intento de nuevo—. No hay problema. Estaré... tengo que ir al baño de todos modos.

Lo rodeo cerrando la puerta detrás de mí.

Vamos, Mia. Cálmate.

9

MIA

—Kiya se quedará un poco más —me dice Colton cerrando la puerta de la casa detrás de él.

—Ya me imagino. —Pongo los ojos en blanco. Típico de Kiya.

—Blake la llevará a casa más tarde —dice, —es un buen tipo —agrega sintiendo mi vacilación.

Camina hacia el lado del pasajero de su Camaro y me abre la puerta. Este carro todavía es tan sexy como el infierno. Lo recuerdo de la noche en Eclipse, pero de alguna manera se ve mucho mejor hoy.

—¿Vas a entrar o simplemente seguirás ahí parada mientras me comes con los ojos? —Colton dice, levantando una ceja.

—¿Yo...? Espera. No estaba haciendo eso —respondo.

—¿Se supone que debo creer que estabas mirando a Lex?

Miro a mi alrededor para ver si alguien más se ha unido a nosotros.

—¿Quién es Lex?

—Alexa está aquí —afirma, señalando el carro.

Me río.

—¿Le pusiste el nombre de Alexa a tu carro y lo apodaste Lex?

—Todo el mundo pone nombre a su carro. Ahora deja de evitar lo inevitable y confiesa que estabas mirando.

—Estaba mirando algo, eso es cierto. Pero no eras tú. ¿Es este el Camaro SS de 1969? —pregunto, pasando mis dedos por el capó del carro.

—Ah, sí —dice él confundido.

—¿Transmisión automática o estándar?

—Estándar.

—¿Es cierto lo que dicen?

Él guiña un ojo.

—Depende de lo que digan.

—¿Va de cero a cien en tres coma cinco segundos? —Me gusta la velocidad, quizás demasiado y probablemente se deba a mi obsesión con la franquicia Rápido y Furioso.

—Sí... lo hace —responde con una mirada de sorpresa en sus ojos.

—¿Qué? —pregunto, cambiando mis ojos de él a la hermosa máquina frente a mí.

—Estoy un poco sorprendido de que sepas de carros.

Me burlo—: ¿Porque soy una chica?

—¿Si digo que sí, eso me hace sexista?

—Tal vez un poco. Te haré saber que yo también hago, bueno hice, mis propios cambios de aceite y neumáticos — replico, tratando de ocultar la sonrisa que se está extendiendo lentamente por mi rostro.

—Entonces no, para nada porque eres una chica. Más bien porque eres la única chica que lo ha preguntado — dice encontrando una laguna en mi lógica. Me deslizo en el asiento del pasajero. Cierra la puerta y corre hacia el lado del conductor. Segundos después, estamos en camino.

—¿Entonces, dónde vives? —me pregunta.

—Hmm, puedes dejarme en el gimnasio.

—¿Vas a hacer ejercicio? —me pregunta con una sonrisa gigante en su rostro.

Yo le devuelvo la sonrisa.

—No, pero está lo suficientemente cerca de mi casa.

—¿Qué tal si me dices tu dirección y te llevo ahí directamente? Te prometo que no te acosaré.

—Eso es exactamente lo que diría un acosador —digo sólo medio en broma.

—Probablemente tengas razón. Pero bueno, ya sabes donde vivo. Así que es justo que yo sepa.

—No por elección. No es como si quisiera aparecer en tu casa. Me arrastraron allí.

—No creo que te haya importado demasiado. Quiero decir que la mayoría de las chicas morirían por decir que pasaron la noche.

—Estoy seguro de que lo harían, pero yo no. Realmente no eres mi tipo.

Él se ríe—: ¿En serio?

Maldita sea esa risa.

—Sí, y tampoco lo son las aventuras de una noche o acostones. ¡Así que deja de pensar cochinadas!

—Cariño, dije pasar la noche, como si te hubieras quedado dormida. Creo que la que tiene cochinadas en la cabeza. Ya, dime dónde vives.

Yo me sonrojo.

Le digo mi dirección y él se dirige hacia mi casa.

Lo miro mientras conduce. Tiene una mano en el volante y la otra en la palanca de cambios. Mis ojos continúan con su viaje hacia arriba. Sus asombrosos hombros anchos. Maldita sea, incluso su mandíbula es atractiva. Miro sus labios y veo que está mordiendo una sonrisa.

—¿De qué estás sonriendo? —pregunto, incapaz de detenerme.

—Literalmente puedo sentir que me estás mirando. —Se ríe, manteniendo los ojos en la carretera.

—¡No lo estoy! —Me burlo.

—Seguro que no. Totalmente sin mirarme como si fuera tu libro favorito de la biblioteca.

—¿Libro de la biblioteca, en serio? —Digo.

Él mira brevemente en mi dirección antes de volver a fijar sus ojos en la carretera.

—¿Qué?

—Nada. Es simplemente divertido. Podrías haber dicho mirando como si estuvieras comprando comida o algo más, pero no, elegiste libros. Eso fue totalmente inesperado.

Suspira sonoramente.

—Lo que sea. —Su tono es seco y creo que lo he ofendido. Me siento en silencio en mi asiento, con miedo de decir algo más.

—Entonces, Maya, tenemos que hacer el trabajo hoy.

Me vuelvo en su dirección.

—Es Mi... —Me detengo cuando veo la diversión bailando en sus ojos.

El idiota lo hizo a propósito.

Supongo que es justo ya que insulté su inteligencia.

—¡Eres el peor! —Me río. Esta podría ser la primera vez que alguien estropea mi nombre solo para burlarse de mí. Lo veo morderse el labio, tratando de contener la risa.

—Eso es lo que obtienes por tipificarme como un tonto. —Estoy a punto de disculparme cuando continúa—: Pero en serio, ¿dónde quieres hacer esto?

—¿Hacer qué? —pregunto, sintiéndome un poco perdida.

—¡El trabajo, mujer!

—Oh eso. Hmm, ¿no necesitamos averiguar cuándo tiene tiempo Zack?

—Zack está fuera de servicio por el día. Está sufriendo una resaca importante —afirma, entrando en mi camino de entrada.

—¿Entonces, él es del tipo que no hace sus trabajos? —pregunto, tratando de probar mi teoría de que hay al menos un holgazán en cada grupo.

—Él se pondrá al día. Entonces, ¿estamos haciendo esto? —me pregunta de nuevo.

—Tengo que darme una ducha y cambiarme —yo espeto.

—Está bien, ¿es una invitación para ir contigo? Porque ya me duché hoy. —Mientras dice esto, siento que mis mejillas se calientan.

—¡No! —Lo empujo.

—Entonces, volvamos a la pregunta original. ¿Dónde?

Debido a que no soy una persona que se levanta temprano, y debido a que tengo resaca, realmente no puedo pensar en este momento.

—Déjame prepararme y luego podremos resolverlo —respondo.

—Está bien, entonces te esperaré.

—Espera, ¿quieres hacerlo ahora mismo?

—¿Pensé que habías dicho después de la ducha?

—Sí, bueno, pensé que te referías a más tarde. ¿No tienes cosas que hacer?

—Sí, se llama trabajo en grupo.

—Trabajo en el que no estabas muy interesado en hacer el viernes, ¿eh?

Bromear con él es algo muy natural; es como si lo hubiéramos estado haciendo durante años.

—El viernes tuve entrenamiento y luego dormí como un oso hibernando.

Quizás no sea tan malo pasar un poco más de tiempo con él. Tenemos que terminar esta parte de la asignación esta noche.

—Está bien, me ducharé y luego podemos ir a algún lado. —Empiezo a caminar hacia mi apartamento cuando lo siento detrás de mí. Me doy la vuelta rápidamente y se detiene en seco.

—¿Qué pasa? —pregunta, la preocupación grabada en su rostro.

—Oh, realmente no dejo entrar a extraños en mi casa —digo vacilante.

—¿Yo? —Se señala a sí mismo—. ¿*Yo* soy un extraño? Increíble.

—Sí, lo eres —respondo, contenta de que no se lo tome a mal.

—¡Pero ya te has acostado conmigo! —se queja.

—¡Yo no hice tal cosa! Me quedé dormida y no por elección. Gran diferencia —respondo.

—Está bien. Solo estoy dándote mi... Haciéndote pasar un mal rato. Creo que es bueno protegerse. Esperaré en el carro —él responde.

—¿Pero qué pasa si me toma dos horas para prepararme?

—Entonces es posible que tengas que despertarme de la siesta que tomaré en Alexa.

—Eso suena realmente extraño. Tal vez no deberías haberle puesto un nombre a tu carro —bromeo.

—¡Jaja muy gracioso! Ahora ve y báñate. Tenemos trabajo que hacer.

Casi lo detengo y le digo que está bien que entre, pero lo pienso mejor. Eso no es algo que hago, y no voy a dejar que él arroje mis normas por la ventana. Aunque, en cierto modo, ya lo ha hecho.

COLTON

Aquí estoy, sentado en el carro con el asiento reclinado, escuchando a Michael Jackson. Bueno, es más como si Michael Jackson estuviera sonando de fondo porque no puedo evitar que mi mente dé vueltas a la pregunta de ¿qué estoy haciendo aquí? Y no me refiero a aquí dentro de mi carro o incluso aquí esperando a Mia, pero solo aquí con Mia en general. Porque sé lo que no estoy haciendo con ella. Ella durmió en mi cama, pero no conmigo. Se despertó en mi habitación esta mañana y no se escapó en medio de la noche. Se alistó en mi baño y luego me ofrecí para llevarla a casa. ¿Y ahora? Ahora la estoy esperando fuera de su casa. Como si ella quisiera decir algo.

Como si ella significara algo para mí.

La idea de encender el carro y salir de su camino de entrada cruza brevemente por mi mente, pero pronto se ve superada por el recuerdo de ella durmiendo en mi cama. Qué pacífica y hermosa se veía con una pierna sobre la sábana, el cabello por toda la cara y un brazo abrazando una almohada.

Incluso sus ronquidos eran reconfortantes. Y luego me di cuenta de que, independientemente de lo hermosa e inocente que pudiera parecer, también podía ser engañosa y rencorosa.

Porque así son las mujeres.

Porque así es como mi...

Mis pensamientos se ven interrumpidos cuando veo a Mia salir de la casa y cerrar la puerta detrás de ella.

Camina hacia mi carro lentamente, sin saber si debería estar aquí. Ya somos dos.

Abriendo la puerta del pasajero, se desliza dentro.

—¿Así qué? —dice mientras se pone el cinturón de seguridad.

—¿Así qué? —repito.

—¿Dónde estamos haciendo esto?

—¿Dónde quieres *tú* que vayamos, Mia? —pregunto, levantando una ceja sugestivamente.

10

REALMENTE NO ESPERABA QUE ESTUVIERA SENTADO EN SU carro cuando salí. Una parte de mí esperaba que se hubiera ido mientras estaba en la ducha. Hoy ha sido bastante vergonzoso. Sin embargo, me pregunto por qué se quedó. ¿Por qué me acogió, me llevó a casa y me esperó? Probablemente lo hizo por Blake, para que él pueda pasar más tiempo a solas con Kiya. Tal vez no sea una persona tan mala como creo que es.

—¿Mia?

Tonterías.

—¿Qué? —pregunto, esperando que mi rubor no se vea.

—Vaya, o no te has despertado del todo o todavía me estás mirando.

—No he tomado mi café —digo, ignorando su segundo comentario.

—Está bien, así que vamos a conseguirte un poco.

Siento que mis cejas se arquean ante su respuesta.

—Vamos por café —agrega y sonríe. Una sonrisa realmente contagiosa que me devuelve la sonrisa.

—Sí, café. Lo siento, no soy yo cuando tengo privación de cafeína.

—¿Acabas de rehacer el comercial de Snickers?

—Tal vez, o tal vez rehicieron mi comercial de café.

—Sí, ese es probablemente el escenario más probable.

—Entonces, ¿café? —Digo.

—Sí, conozco el lugar. Puedes volver a ser humana y podemos empezar con la tarea al mismo tiempo.

—Funciona para mí.

Nos quedamos en silencio mientras conduzco. Me la paso mirándome las manos o por la ventana viendo pasar los árboles. Miro hacia arriba cuando el carro se detiene frente a algo que parece un camión de remolque, pero tiene un cartel con las palabras *West Side Diner* encima. Desde el exterior, parece que el lugar pertenece a la década de los cincuenta. Mi puerta se abre y miro hacia arriba para encontrar a Colton tendiéndome la mano. Después de un momento de vacilación, la tomo, sintiendo las chispas.

Salgo del carro.

—Vaya, ¿de verdad te tomas en serio lo de la puerta? ¿Tienes miedo de que vaya a azotarla? —Me burlo, retirando mi mano e inmediatamente sintiendo el vacío.

—Te lo dije, en realidad tengo modales. Esta no es una fachada que estoy poniendo solo para ti.

—Si tú lo dices.

—Claro que sí.

—¿Entonces, West Side Diner? ¿Te sientes como en Vaselina? —Respondo.

—Es un lugar realmente bueno. Vengo aquí a desayunar todos los domingos.

—Mírate, compartiendo tus posesiones más preciadas conmigo. Primero tu cama, luego tu carro y ahora tu restaurante. ¿Qué sigue?

No sé a dónde voy con esto, pero no puedo evitar decirlo de todos modos.

—Tendrás que quedarte conmigo para averiguarlo. —Quedarse con él no parece la peor idea. Aun así, será mejor que no me acostumbre.

—¿Vamos a entrar o simplemente mirarlo desde aquí? —digo en cambio, ignorando su comentario.

—Graciosilla, vamos.

Dentro del restaurante, es más de la vieja escuela de lo que hubiera imaginado. Las cabinas son rojas y blancas, a juego con los uniformes a rayas de los meseros. Muy divertido, muy retro y parece muy ajetreado. La multitud es diferente a la que estoy acostumbrado en la cafetería de la universidad. Este está lleno de gente mayor. No hay estudiantes universitarios a la vista, aparte de Colton y yo.

Una mesera de mediana edad realmente hermosa nos recibe con una cálida sonrisa y le da un abrazo a Colton antes de llevarnos a un reservado.

—¿Quieres lo de siempre, Colton? —ella le pregunta mientras me entrega un menú.

¿Ella sabe su nombre? Quizás venga aquí todo el tiempo. Sin embargo, me pregunto si soy la primera chica que ha traído aquí. ¿Pensarían que soy solo otra muesca en el poste de su cama?

Él le sonríe.

—Sí, por favor, Karla.

—¿Y para ti? —ella pregunta, volviendo su atención hacia mí.

—Café por favor.

Ella asiente y luego se va.

—¿Qué es lo habitual? —le pregunto a Colton.

Él sonríe.

—Pan francés, panqueques, huevos, tocino, papas fritas caseras y dos vasos de jugo de naranja.

—¿Alguien más va a venir a desayunar?

—Sí, todos viven dentro de mi cuerpo y tengo que asegurarme de que no mueran de inanición.

—Bueno, ciertamente no esperaba esa respuesta —digo, riendo.

—Tú preguntaste. Nunca hagas una pregunta para la que no quieras una respuesta.

—Estoy bien. —Llega mi café y después de oler la delicia, tomo un sorbo; mi estado de ánimo mejora instantáneamente.

—Está bien, comencemos. ¿Tienes la hoja con las instrucciones y las preguntas para conocernos? —pregunto, lista para enfrentarme al mundo ahora que he tomado mi cafeína.

—No, lo dejé en casa.

—¿En serio?

—No, Mia, por supuesto que no. La tengo aquí. —La saca del bolsillo trasero de sus jeans, colocando el papel doblado ligeramente arrugado sobre la mesa.

—Déjame leer las instrucciones.

Me pasa el papel y agrega—: Léelos en voz alta. Todavía no he tenido la oportunidad de mirarlos.

—Okey. —Desdoblo el papel y empiezo a leer—. La tarea se divide en partes. Primero, en la siguiente página de este paquete, encontrarán una serie de preguntas que todas las personas de su grupo deben responder en su totalidad. Al responder estas preguntas, el grupo encontrará temas que son importantes para cada uno de ustedes.

Esto facilitará la segunda parte de la asignación, en la que deberán seleccionar un problema mundial que les gustaría solucionar. Una vez que se selecciona el problema, no se puede cambiar. Tampoco pueden cambiar el grupo del que forman parte. Habrá asignaciones posteriores, pero para la clase del lunes, deberán enviar las respuestas a las preguntas y una declaración del problema que intentarán solucionar junto con la razón por la que lo eligieron.

Como mencioné antes, este es un curso de humanidades, y el propósito de este es hacer que mires fuera de tu entorno inmediato, encuentres un problema que te interese y trabajes para encontrar una solución. Esto vence el lunes durante la clase, y si no se recibe al comienzo de la clase, perderá el quince por ciento de la calificación final del proyecto.

Termino de leer las instrucciones, pensando en lo que podría haber pasado con mi calificación final si no trabajamos en la asignación.

—Parece que somos superhéroes que necesitamos jugar el juego del matrimonio antes de salvar el mundo —dice Colton, y casi escupo mi café.

—¿Qué tan bien conoce a su cónyuge? —Añado, preguntándome si ese es el juego al que se refiere.

—Sí, ese.

—Odio ese juego. Da la ilusión de que las personas que se comprometen conocen bien a su pareja. Cuando en realidad, nadie conoce bien a nadie.

—Puedes decir eso de nuevo —dice tan suavemente que casi lo echo de menos.

—Bien, ¿cuál es la primera pregunta?

—¿Qué prefieres, perros o gatos? —Leo en voz alta.

—Perros.

—Gatos.

Respondemos al mismo tiempo. Estoy un poco confundida, ¿cómo es que esto nos va a ayudar a resolver un problema mundial? Quizás el profesor piense que vamos a hacer algo con los animales en peligros.

—¿Por qué perros? —pregunto aunque no es relevante.

—Porque son divertidos, juguetones y puedo sacarlos a correr. ¿Por qué gatos, Señora de los gatos?

—Porque son independientes y les importa una mierda la gente, algo a lo que aspiro.

—Bueno, este va a ser un día largo. Próxima pregunta.

—Está bien, entonces prefieres los perros a los gatos, tu prenda de vestir favorita son las chaquetas, y tu festivo favorito es navidad —le digo a Colton, que está ocupado deleitándose con la cantidad de comida que ordenó. Terminó sus panqueques y está comenzando con sus huevos. Me pasó el pan francés unos minutos después de comer porque cree que no se la terminará y cree que necesito comer algo. Aparentemente, el café no cuenta como comida.

Aunque inicialmente me niego, acepto la oferta porque todavía tengo resaca y mejoraré si tengo comida de verdad en el estómago.

—No es como si tus respuestas fueran mejores: señora de los gatos, botas y Acción de Gracias.

—¿Estás hablando mal del día de acción de gracias?

—Ah, ¿qué tiene de genial? —me pregunta.

—¡La comida! —respondo con entusiasmo.

—También hay comida en navidad.

—Sí, pero hay regalos y otras cosas que nos quitan la importancia de las festividades.

—Pero todavía tienes comida.

—Sí, pero están pasando demasiadas cosas. El día de acción de gracias se trata de dar gracias y comer.

—Bien, bien. Supongo que eso es aceptable. Siguiente pregunta —dice.

—¿Cuándo fue la última vez que subiste a un árbol?

—¿Qué...? Estas preguntas son realmente extrañas y no ayudan en absoluto a determinar un tema. La última vez que trepé a un árbol fue en el campamento cuando tenía unos siete años.

—Vaya, no has vivido mucho.

—¿Cuándo fue la última vez que subiste a un árbol, aventurera?

—Me subí a un árbol cuando estaba en el último año del bachillerato. Mi mamá, mi papá y yo regresamos a República Dominicana y me subí a un árbol para agarrar mangos.

Él parece impresionado.

—Vaya, es una gran historia. La próxima vez que esté en un país caribeño, recuérdame que te llame.

—Jaja muy gracioso. No voy a trepar a un árbol por ti. Consigue tus propios mangos.

Me meto una papa frita en la boca y lo miro, desafiándolo a que diga algo más.

Se termina una cucharada de huevos, pero por lo demás mantiene la boca cerrada.

Seguimos yendo y viniendo con algunas preguntas más. Me río de algunas de sus ridículas respuestas, como el hecho de que su enamoramiento más extraño es Simon Cowell de X-Factor.

—¿Por qué diablos te gusta? ¡Es tan malo!

—Bueno, él lo cuenta como es, no miente, es honesto. No engaña. Y si no lo tienes, te lo dirá en la cara. Supongo que siempre me ha gustado el hecho de que Simon te apuñala en la cara, nunca en la espalda.

—Está bien —respondo. No estoy segura de qué más decir. Me aclaro la garganta y paso a la siguiente pregunta. Pasamos nueve de las diez preguntas que el profesor tiene en la lista.

—Está bien, la última pregunta es, ¿qué es algo que hayas leído o visto recientemente que te haya molestado o enojado?

—Leí una publicación en las redes sociales de un chico de otra escuela que se jactaba de una chica con la que se había emborrachado a propósito para que se acostara con él. Odio cuando la gente se aprovecha de otros que no pueden defenderse —responde Colton. Me quedo sin palabras, recordando a los chicos que rodearon a la hermana de Colton la semana anterior.

—Estoy de acuerdo. Creo que la gente que se aprovecha de los demás es lo que más me molesta.

—Está bien, entonces si tuviéramos que elegir un problema, ¿cuál sería? —me pregunta.

—Esto... eso no es parte de la lista.

—No, pero ese es el propósito de las preguntas, y considerando que tenemos que entregar esto mañana, también podríamos elegir un problema.

—Está bien, bueno, ¿qué pasa con algo relacionado con la agresión sexual? —Sugiero incómodamente.

—¿Agresión sexual que afecta a una población vulnerable? Recuerda, tenemos que ser globales.

—Sí, sé que la agresión sexual es un problema gigante en los campus universitarios, pero a nivel mundial tendría que decir tráfico sexual de personas.

—¿Por qué no lo reducimos al tráfico sexual de niños?

—Dios, ese es un problema que me gustaría resolver.

—Tú y yo. Que se joda la gente que se aprovecha de los demás. Pero que se jodan aún más si se aprovechan de los niños.

No agrego nada a su declaración. No siento que lo necesite.

—¿Deberíamos comentarlo con Zack para ver si está de acuerdo? —pregunto.

—No, él no está aquí. Tendrá que aguantarse —afirma con total naturalidad.

—Bueno, eso es todo. Sé más sobre ti de lo que quería saber, pero todo me llevó a elegir un buen tema —digo medio en broma, tratando de sacarnos de la oscura dirección que acaba de tomar nuestra conversación.

—Oh, cállate, sabes que siempre has querido saber mis colores favoritos, lo último que busqué en Google y si canto en la ducha.

—Te gustaría pensar eso ahora, ¿no es así? Además, ya sé que no cantas en la ducha. ¿Recuerdas? Me acosté contigo anoche.

Mierda. No quise que eso saliera de la forma en que lo hizo.

—Tal vez estaba reprimiendo la canción de mi alma por temor a que estuvieras más asustada de lo que estabas cuando entré a la habitación por primera vez. Además, me alegro de que hayas admitido que te acostaste conmigo.

Me río entre dientes y le tiro una papa.

—¡Cállate! Sabes a lo que me refiero.

—Probablemente deberíamos terminar aquí —dice.

—Deberíamos, tengo algunas cosas que hacer, y estoy segura de que tú también, así que vamos a buscar la cuenta.

—Está bien, sí. Quise decir que deberíamos dejar el restaurante porque hemos estado sentados aquí durante unas horas y no quiero que mi mesera favorita se enoje conmigo porque no recibe propinas de otros clientes ya que estamos acaparando su mesa.

—Cierto. —Definitivamente pensé que solo quería abandonar el barco.

—Iba a sugerir que fuéramos a otro lugar, pero sé que tienes planes y hemos terminado con la primera parte de la tarea, así que...

—¿Planes? ¿Qué planes? —pregunto.

—Pensé que habías dicho que tenías algunas cosas que hacer.

—Oh, esas cosas. Cosas realmente importantes. Definitivamente debería hacerlo.

—Te llevaré —dice. Tal vez sea mejor que acortemos nuestro tiempo. Lo siguiente que sabrás es que me estaré acostumbrando a tener a alguien más que a Kiya con quien pasar el rato. Es peligroso, pero no tanto como acercarse a alguien que eventualmente me dejará.

Colton hace contacto visual con la mesera y tres minutos después llega la cuenta.

—Yo me encargo —respondemos ambos al unísono.

—Déjame encargarme de ello. —Me gusta pagar la cuenta. No quiero que nadie crea que les debo algo.

—No, no tienes que hacer eso —él responde, agarrando la cuenta y tirando de él en su dirección.

—¿Por qué, porque soy mujer y los hombres tienen que pagar? ¿Te sentirías como eunuco si pago la cuenta?

—No, porque pedí una tonelada de comida y tú sólo pediste café, así que no sería justo que pagaras cuando no pediste tanto.

Buen punto.

—Oh, bueno… Yo también comí pan francés —discuto patéticamente.

—Sí, y de nuevo en el gran esquema de las cosas, lo ordené. Incluso si lo hubiera hecho, todavía quedamos dos a quince.

—No obtuviste quince cosas.

—¿Me dejarás pagar? —dice, sonando un poco molesto.

—Está bien —concedo—. Pero déjame al menos encargarme la propina.

—¿No lo dejarás pasar, verdad?

—No me gusta sentir que le debo a la gente.

—No te pediría que pagues. Además, si pagas, te lo deberé. No quiero debértelo.

—Está bien. Yo me encargo de la propina, tú pagas la cuenta.

—Pagaré todo está vez, y tú puedes pagar todo la próxima vez.

—¿La próxima vez? —Sus palabras encienden un pequeño fósforo de esperanza dentro de mí. Habrá una próxima vez. Quiere volver a salir conmigo.

—Sí, tenemos que trabajar juntos para terminar este trabajo. Te quedarás conmigo por el resto del semestre.

Oh sí, lo olvidé. La única razón por la que está aquí conmigo es la tarea en grupo, pero incluso sabiendo eso, no puedo evitar sonreír.

11

MIA

Nuestro viaje de regreso desde el restaurante es probablemente un poco peor que nuestro viaje hasta allí. No hablamos mucho y realmente no creo que él quiera hacerlo, así que me quedo callada también. Con un silencioso adiós abro la puerta principal y la cierro detrás de mí, dejando escapar un profundo suspiro de alivio.

Gracias a Dios que se acabó.

—¡Estás de vuelta! ¿Dónde te metiste? —Kiya prácticamente grita cuando sale de su habitación.

—Haciendo tarea —digo con indiferencia. Como si no fuera gran cosa, porque no lo es.

—Teniendo en cuenta que acabo de ver a Colton salir del camino de entrada, quiero saber qué tipo de asignación estabas haciendo —dice con una sonrisa maliciosa.

—Te haré saber que estábamos trabajando en nuestro proyecto de grupo.

—¿Qué proyecto de grupo? —pregunta Kiya, y recuerdo que no le he dicho que estoy en una clase con Colton.

—Estamos tomando el Seminario juntos —respondo mientras mantengo la mirada baja. Haría cualquier cosa para evitar la mirada que sé que me está dando ahora mismo por no decírselo.

—¿Tienes una clase con Colton? —chilla emocionada. Empieza a saltar de un lado a otro como una niña—. ¿Por qué no me lo dijiste?

Le hago un gesto.

—¿Y todavía lo preguntas?

Una vez que supero su interrogatorio sobre mi paradero y mi clase con Colton, empiezo con ella. Se quedó con Blake después de la fiesta y, con un poco de presión, me dice que compartió su cama.

—Pero no pasó nada más —insiste Kiya.

—¿En serio?

—Quiero decir, él me gusta, obviamente. Llevo un año enamorada de él, pero me niego a actuar en consecuencia.

—¿Por qué?

—Blake tiene la reputación de no comprometerse con una chica. Además, tiene tendencia a meterse en problemas. Pero la cuestión es que me envía mensajes de texto todos los días y siempre está en la fiesta en la que estoy. Incluso me dice que me siente cada vez que me ve.

—¿Y? —le pregunto cuando ella duda.

Ella se encoge de hombros.

—No es suficiente. Si sólo busca una cosa, no la obtendrá de mí.

De hecho, estoy orgullosa de ella por no ceder.

—¿Tienes hambre? —pregunta Kiya, ingeniosamente cambiando de tema. Entra en la cocina y saca un poco de pollo del refrigerador.

Asiento y suspiro.

—¿Qué voy a hacer sin ti cuando te vayas?

—Para empezar, morir de hambre —responde, agregando condimentos al pollo.

—Puedes decir eso de nuevo. ¿Te importaría enseñarme?

—¿Cuánto tiempo tenemos?

—Graciosa —digo inexpresiva—. Aprendo rápido.

—Sí, aprendes lo que quieres aprender muy rápido. ¿Cómo alimentarás a tu marido?

—No quiero aprender para hacerle comida un marido hipotético. Me preocupo más por mí misma.

—Mi familia dice que a menos que sepas cocinar, no puedes casarte.

—¿En serio? Mi abuelo solía decir lo mismo. Mi madre también.

—¿Pero nunca aprendiste? —dice mientras enciende el horno.

—Bueno, me gustaría creer que mi esposo cocinará para los dos. Además, no me suscribo a estos roles. ¿Por qué tengo que cocinar? ¿No puedo ser la que mantiene la casa y paga los gastos?

—La igualdad significa que ambos aprenden, Mia.

—Sí, sí. De todos modos, hablando de comida, ¿cuándo estará lista? Me muero de hambre —digo.

—¿No comiste en el restaurante? —ella pregunta como si me hubiera pillado en una mentira.

—Apenas. Tomé café y algo de la comida de Colton, pero no lo suficiente para llenarme; mi estómago no estaba para eso.

—Oh, ustedes compartieron comida y todo. ¡Me ocultaste información importante, Mia!

—¿Qué tan importante es eso? Y no, no compartimos comida. No me lo dio de comer, Ki. Pidió demasiado y me dijo que comiera un poco.

—Compartiendo su cama, ahora su comida. Me pregunto qué más compartirás. —Me revisa la cadera mientras mueve las cejas.

—Y te preguntas por qué no te dije que tengo clase con él —murmuro en voz baja, pero aún lo suficientemente alto para que ella lo escuche.

—No me recuerdes tu indiscreción. Debería prepararme comida para castigarte.

—Debería dejar de ser tu amiga por emborracharme y dejarme sola en su casa —le respondo.

La sonrisa de Kiya se desvanece.

—Lo siento mucho, Mia.

—Yo estaba bromeando.

—No es cierto, lo arruiné. Tenía un trabajo.

Y volvemos a esta conversación.

—Kiya, está bien...

—No, no lo está. Te hice ir a la fiesta conmigo. Sabía lo que sentías por ellos. Y en lugar de asegurarme de que no estábamos separadas, y que una de nosotras estaba lo suficientemente sobria como para llevarnos a las dos a casa, me emborraché. Y, bueno, te despertaste en la habitación de un extraño. Lo siento mucho. Soy una terrible amiga. —Sus ojos están llorosos ahora.

—No, Kiya —comienzo, sintiéndome inmediatamente culpable por poner tanta presión sobre ella. —Elegí ir a esa fiesta. Me pediste que fuera contigo, pero tomé la decisión. No era tu trabajo mantenerme a salvo. Ambas nos emborrachamos demasiado. De alguna manera terminé arriba hablando con Colton. Blake le aseguró que estaría bien. Y aunque Blake puede ser muchas cosas, tú piensas que es una buena persona. No podíamos conducir de regreso a casa, y aunque hubiera tenido más sentido permanecer en la misma habitación, sabías que no me pasaría nada malo.

—No te presionaré para que vayas a más fiestas. Diablos, creo que me vendría bien no ir a ninguna.

—Probablemente no iré yo pronto a una. Pero tú —la señalo y de la manera más dramática que puedo, agrego —: me encantaría ver el día en que rechaces una fiesta.

—¡Cállate! Puedo hacerlo. —Ella mete el pollo al horno.

—Tengo que trabajar duro y jugar más duro —digo, burlándome de las palabras anteriores de mi compañera de apartamento.

—¿Alguna vez dejarás pasar eso?

—No. De todos modos, aún deberías divertirte. Yo me divertí.

—¿Lo hiciste? —Agarra una olla del armario inferior y empieza a llenarla de agua.

—Sí, me encantó que tú y yo pudiéramos hablar, y por un momento, pude relajarme y disfrutar. Beber fue divertido, bailar en medio de la pista de baile fue emocionante. Jugar al beer pong fue genial, aunque si vuelvo a hacerlo, no serás mi compañera-

—¿Yo? —ella jadea—. Pero estuve bien y tú fuiste terrible.

Me río.

—No es así como lo recuerdo; las dos fuimos terribles.

—Tal vez sea mejor que nunca hagamos equipo —dice Kiya mientras mide el arroz y lo agrega a un tazón de plástico.

—De acuerdo —digo, mirando a mi compañera de apartamento lavar el arroz. Me moriría de hambre sin ella.

—De todos modos, incluso la breve conversación con Hayes fue divertida. Y aún más sorprendente, tuve una conversación decente con Colton.

—¿No me digas? ella pregunta.

—Bueno, debe haber sido una buena conversación considerando que me quedé dormida.

—Esa es probablemente la primera vez que a él le pasa eso.

No lo dudo. Estoy segura de que la mayoría de las chicas están atentas a cada una de sus palabras.

—Cuando me di cuenta de que no habías vuelto, subí a verte, para ver si necesitabas que te recogiera el cabello —dice Kiya.

—¿Lo hiciste? —pregunto, recordando cómo las dos reteníamos el cabello de Kaitlyn semanas antes.

—Vi a Colton bajar de las escaleras y le pregunté si te había visto.

—¿Esperabas que supiera quién era yo?

—Te describí como la chica que había perdido terrible-
mente —se ríe.

—¡Muy divertido!

—Me dijo que te quedaste dormida en el pasillo y te llevó
a una habitación.

—Eso suena realmente espeluznante.

—Yo también lo pensé, pero me mostró en qué habitación estabas. Te vi desmayada en una cama, completamente vestida. Me aseguró que estarías bien y que nadie
entraría a molestarte.

—Bueno, mintió porque él durmió allí.

—No digas.

—Sí, lo hizo. Me dijo que dormía en el sofá. Vi las
sábanas allí.

—Eso es extraño —dice Kiya—. No, durmió en la habitación contigua a la de Blake. Estaba vacía porque habían
echado a uno de los atletas el mes pasado por —comportamiento cuestionable.

Dice la última parte haciendo comillas aéreas.

—Si ese fue el caso, ¿por qué no ponerme en esa
habitación?

—Dijo que nadie entraría en la habitación en la que
estabas porque era suya.

Me alivian sus palabras. Siento una sensación de gratitud hacia Colton por tratar de asegurarse de que no me pasara nada malo. También tengo ganas de darle una patada en la espinilla por hacerme pensar que compartimos una habitación.

—Me dijo que había dormido en el sofá.

—Probablemente estaba tratando de ver cómo reaccionarías. Rompiendo tus chuletas.

—Quiero romperle las chuletas —murmuro antes de pensar en cómo suena eso saliendo de mi boca.

—Es más como saltar sobre sus huesos —responde Kiya. Pongo los ojos en blanco y empiezo a poner la mesa.

El lunes llega muy rápido para mi gusto.

Sí, el lunes del infierno, donde mi despertador suena como una ambulancia, un camión de bomberos y un camión de helados al mismo tiempo.

Dejo de lloriquear y giro a mi derecha, golpeando el reloj y deteniéndolo.

Ha vuelto a hacer su trabajo porque estoy despierta.

Repaso mi rutina matutina y tomo un café en la cafetería de estudiantes. Llego a clase quince minutos antes y estoy a punto de tomar asiento, cuando recuerdo que ahora tengo uno nuevo. Porque estoy en un grupo que se sienta en la parte de atrás. Ni siquiera puedo ver muy bien desde allí, pero ahí es donde estoy atrapada.

Me siento y considero brevemente cambiar mi asiento para tomar el que está al lado de Colton en lugar de Zack, pero lo pienso mejor; No creo que Colton y yo seamos amigos ahora.

Me distraigo jugando de nuevo con mi teléfono. Unos minutos más tarde miro hacia arriba para ver a Colton dirigiéndose hacia mí. Me lamo los labios instintivamente. Su cabello todavía está húmedo, y mis dedos pican por recorrerlo. Lleva una camisa de franela, que oculta mal sus bíceps abultados, y unos jeans. De repente desearía estar de vuelta en mi asiento habitual, para poder echar un vistazo a su probablemente glorioso trasero. Llega a lo alto de las escaleras y toma el asiento de Zack. Miro alrededor de la habitación y veo que todavía está relativamente vacía.

¿Por qué está aquí tan temprano?

Saca una carpeta y comienza a estudiarla con atención.

Quiero saludar porque me parece lo más razonable teniendo en cuenta que pasé gran parte del día de ayer y la noche anterior con él, pero tengo miedo. ¿Y si me ignora como lo hizo con la otra chica?

Al final, decido ser una mujer y hablar primero.

—Hey —digo, mi voz un poco temblorosa.

Sus penetrantes ojos grises se encuentran con los míos. Mi respiración se detiene y puedo sentir físicamente el peso de su mirada. Si no estuviera ya sentada, probablemente me habría caído a juzgar por la forma en que me tiemblan las rodillas. Espero, preguntándome qué pasará después. ¿Me ignorará o me reconocerá?

—Hola.

12

COLTON

¿HOLA, ES ESO LO ÚNICO QUE PUEDO RESPONDER?

Ayer fue tan fácil con ella, tan refrescante. Ni una sola vez coqueteó conmigo. Ni una sola vez actuó como todas las demás chicas de mi clase. Parece que está a punto de decir algo más, pero lo piensa mejor cuando ve que el salón se llena. Me maldigo por no encontrar más palabras que decirle para prolongar nuestra conversación.

—Está bien, clase —oigo decir al profesor desde el frente del salón—. Tranquilícense, tranquilícense. Encuentren sus asientos.

Todos comienzan a calmarse.

—Está bien, espero que todos hayan pasado los últimos días averiguando su tema. Hagamos que alguien de cada grupo comparta el problema que se les ocurrió para asegurarnos de que nadie esté resolviendo el mismo problema mundial. —Mira alrededor del salón, concentrándose en Mia y en mí—. Mia Collins y el señor Hunter, parece que el tercer miembro de su grupo no ha venido hoy.

—Está enfermo con un virus estomacal —respondo sin pensar, cubriendo a Zach en piloto automático.

—Por supuesto—él responde secamente antes de continuar—. Bien, grupo uno, díganos qué problema van a arreglar.

Una chica pequeña y pelirroja se pone de pie y dice—: Mi grupo quiere centrarse en el acceso al agua potable.

—¡Maravilloso! El agua es fundamental para la vida. ¿Alguien más pensó en el mismo tema?

Un grupo a unas pocas filas de nosotros levanta la mano.

—Deberán identificar un nuevo problema. El agua ya está tomada. —Un gemido colectivo llena el lugar. Espero que nadie más haya elegido nuestro tema, no es que crea que lo harán porque no muchos estudiantes universitarios piensan en el tráfico sexual infantil como un problema que todavía existe.

El profesor va de grupo en grupo y minutos después, Abby se levanta de su silla para presentar la suya.

—Hablaremos de educación sexual. —Se vuelve para mirar en mi dirección y me guiña un ojo mientras la clase se ríe.

—¿Señorita Brown, cómo encaja esto con la asignación?

—Bueno, profesor, el mundo necesita educación sexual para prevenir la propagación de enfermedades de transmisión sexual, embarazos no deseados, abortos y cosas por el estilo.

—Genial. Pasando al dúo.

Miro a Mia, esperando a ver si se pone de pie y dice cuál es nuestro tema. Ella se desliza más abajo en su silla y lo tomo como mi señal para hablar.

Me pongo de pie, odiando cómo los ojos de cada una de las mujeres en el salón recorren mi cuerpo.

—Estamos hablando de la trata de personas con fines sexuales, centrándonos específicamente en la trata de niños.

—Ese es un tema muy pesado, señor Hunter —afirma el profesor, aparentemente impresionado.

—Sí, señor, también muy importante —respondo.

—Está bien, maravilloso. Juntos, este semestre, intentaremos encontrar soluciones a problemas como el acceso al agua potable, el alivio del hambre, los derechos de las mujeres, matrimonio infantil, la energía limpia, el cambio climático, la pobreza, la educación sexual y el tráfico sexual de niños, y un grupo pensará en un nuevo tema y tendrá que decírmelo en la próxima clase.

Seguimos hablando de las partes que componen un trabajo de investigación por millonésima vez desde que comencé la universidad. Discutimos cada parte del trabajo desde la introducción hasta la conclusión, y el profesor nos entrega una hoja de papel con los plazos para cada parte. Revisamos los formatos de declaraciones de tesis, y bueno, casi todo lo que ya se ha revisado en nuestras clases de inglés antes.

—Está bien, ahora que hemos arreglado eso, hablemos de su asignación.

Justo en ese momento las cabezas golpean los escritorios y los gemidos cobran vida. Pensarías que la gente se quejaría menos. Han sido años de lo mismo y sus quejas no han cambiado nada.

—No suenen tan emocionados. Recuerden que en esta clase son héroes. Tu tarea es encontrar diez artículos sobre tu tema. Estos artículos deben provenir de fuentes primarias o secundarias. Deben ser revisados por pares, y no hace falta decirlo, pero Wikipedia y Buzzfeed no cuentan. Tienen cinco minutos antes de que termine la clase, así que averigüen cómo quieren abordar esta asignación con tus compañeros de grupo.

La energía en la habitación aumenta junto con el volumen de la charla.

Me vuelvo hacia Mia.

—¿Entonces, cómo quieres hacer esto?

—Bueno, podríamos vernos mañana, estoy libre si tú lo estás.

—No puedo —respondo.

Veo a Mía girar la cara, ocultando sus mejillas rojas.

—Tengo entrenamiento mañana —agrego, sintiendo la necesidad de explicarme.

—¿Todo el día? Porque no te dije cuándo estaría libre —dice sonriendo como una sabelotodo que cree que acaba de atraparme en una mentira.

—Tengo clase, y cuando no tengo clase, tengo que entrenar. Tenemos el regreso a casa este fin de semana, que también es un fin de semana familiar, por lo que hay mucha presión. —No entiendo por qué sigo explicándome. Si alguien más estuviera preguntando, ya me habría marchado.

—Oh —afirma mientras asiente con la cabeza en comprensión—. Supongo que entonces yo haré todo el trabajo.

—Clift dice que quiere diez. Zack y yo haremos siete. Puedes hacer tres. Trabajaremos en ello y te enviaré un mensaje cuando terminemos para que no terminemos con los mismos.

—Está bien, eso funciona. Es que... —Ella se detiene.

—¿Es que qué? —insto.

—No olvides enviarme un mensaje de texto esta vez.

Estoy a punto de recordarle por qué me olvidé la última vez, cuando Abby se interpone entre nosotros.

—Hola, guapo —ella ronronea, y de inmediato me consume la rabia. ¿Cuándo finalmente lo entenderá?

—Abby —digo brevemente—. ¿No ves que estoy ocupado hablando con...?

Me vuelvo hacia donde está Mia y su nombre muere en mis labios. Ella se ha ido. Fuera de vista. Miro a la puerta, vislumbrando brevemente su salida.

—Ya no estás ocupado —dice Abbigail con aire de suficiencia.

—Abby, te lo he dicho un millón de veces...

—Sí, lo sé —dice, interrumpiéndome—. No te preocupes. No quiero tener una relación contigo, pero ¿podemos al menos seguir haciendo lo que solíamos hacer? Sabes que puedo ser muy divertida.

Ella pasa su mano por mi brazo mientras se inclina para besarme. Retrocedo, haciéndola tropezar.

—No me interesa —respondo sin dudarlo. No quiero seguir haciendo lo que solía hacer. Quiero algo más, a alguien más.

—No es posible —contraataca.

—Vete a la mierda, Abbigail. —Sé que es de mala educación, pero he intentado ser amable. Incluso he intentado ser asertivo y ella todavía no lo entiende. Agarro mi libro de jugadas, tiro mi bolso sobre mi hombro y salgo.

MIA

HE ESTADO TRATANDO DE NO PENSAR EN LO QUE PASÓ después de la clase del lunes. La rubia que se insertó en nuestra conversación y exigió toda la atención de Colton era la misma chica de la fiesta, la misma chica que dice que no es su novia.

—Alguien debería decirle eso —pienso en voz alta, dejando escapar un suspiro mientras me recuesto en mi cama. Mi teléfono suena y lo busco a ciegas. Cuando miro la pantalla, veo que es un texto de Colton.

> **Colton:** Zack y yo conseguimos la bibliografía y te las envié por correo electrónico.

Respondo más rápido de lo que debería, abrumada por mi emoción. Había perdido la esperanza de que me enviara mensaje de texto por completo.

> **Mia:** Me sorprende que te hayas acordado de enviarme un mensaje de texto [esta vez].

Ansiosamente, espero su respuesta, mirando el ícono que muestra que está escribiendo una respuesta. Los puntos comienzan y luego se detienen. Esto sucede una y otra vez. Irritada, dejo el teléfono en la cama y comienzo a buscar en mis cajones mi pijama más cómodo. Abro el cajón más bajo de mi escritorio y encuentro mi par de pantalones favoritos. Sí, tienen pegadas las caras de Anna y Elsa, pero ¿qué puedo decir? Realmente disfruté la película.

Miro mi teléfono, mordiéndome el labio. Espero que haya tomado mi comentario como una broma. No quiero restregarlo de la manera incorrecta. A pesar de mi impresión inicial de él, descubrí que en realidad no lo odio. Es un buen tipo, es un buen miembro del equipo y tiene sus cosas claras.

Mientras me pongo el pijama, mi teléfono comienza a sonar.

Es un número desconocido. Presiono el botón, respondiendo a la llamada.

—¿Hola? —digo, usando mi voz superprofesional ensayada: nunca se sabe quién puede estar llamando.

—Te dije por qué no envié un mensaje la otra vez. —La voz de Colton llega a través de la línea, un poco más áspera por teléfono que en persona. Si es posible, suena aún más sexy ahora.

—Porque eres un oso hibernando. ¿Además, por qué no me envías mensajes de texto ahora?

No es que me esté quejando. Su voz es mejor que cualquier texto.

—Soy tan grande como un oso, pero no sé sobre la parte tierna. Te dije; dormí porque estaba exhausto y llamé porque odio escribir en el celular.

Me acerco a la cama, me acuesto de espaldas y me pongo cómoda. Espero que esta conversación sea larga.

—Hmm, estoy segura de que probablemente eres tan cariñoso como un oso, pero no quieres admitirlo. Y sí, nadie va a creer esa excusa. ¿Dormiste todo un día? Además, no enviar mensajes de texto significa que eres un abuelo —le digo a pesar de que personalmente también odio enviar mensajes de texto.

—Supongo que podría agradarme dar abrazos. ¿Quieres averiguarlo? —dice y mi respiración se acelera.

—Preferiría no.

—¿Estás segura de eso? —dice, bajando la voz.

Me imagino envuelta en sus brazos y un suspiro se escapa de mis labios.

—Entonces, ¿por qué necesitas dormir un día entero? —pregunto, evadiendo el tema.

—Tengo clases, y luego práctica de fútbol, seguidas de sesiones obligatorias de gimnasio dos veces al día.

—Todo esto me suena a excusas.

—Pensarías de manera diferente si tuvieras que hacerlo tú misma.

—Lástima que no juegue fútbol.

—Incluso entonces, apuesto a que no podrías estar al día con mi agenda por un día, y mucho menos una semana, sin fútbol.

—¿Entonces, gimnasio y clase? ¿Qué te hace pensar que todavía no hago eso? ¿Estás insinuando que no soy apta?

—Estoy diciendo que tu rutina de gimnasio no está tan reglamentada como la mía.

—No voy al gimnasio, si te lo estás preguntando, pero estoy segura de que podría seguir el ritmo sin necesitar un día completo de sueño para recuperarme. Y sin olvidarme de enviar un mensaje de texto— agrego, provocándolo.

—Está bien, te recogeré el próximo lunes.

—¿Para qué?

—Para el gimnasio. ¿Has estado escuchando esta conversación, Collins? ¿Te estoy aburriendo?

—Nunca dije que iba al gimnasio, y sí, me aburres.

Él se ríe.

—Entonces, no puedes seguir el ritmo. Supongo que yo tenía razón. Eso fue fácil, Collins. Pensé que eras mejor que eso. Y eres graciosa, sabes que soy el punto culminante de tu noche.

—Puedo seguir el ritmo, y definitivamente no soy fácil, Hunter.

—Entonces, comenzaremos el lunes. Me acompañarás durante al menos una semana.

—¿Tengo que pasar una semana entera contigo?

—No suenes tan molesta por la idea de pasar tiempo conmigo. Cualquier otra chica aprovecharía la oportunidad.

Bueno, gracias por el recordatorio de las muchas chicas en la fila esperando para meterte las garras.

—Yo no soy una de ellas —respondo un poco demasiado bruscamente—. ¿Por qué estaría de acuerdo con esto? ¿Qué hay para mi ahí?

—Por lo que recuerdo de tu vergonzosa derrota jugando ping-pong, eres bastante competitiva. La oportunidad de redimirse debería ser una motivación suficiente, pero si no lo es, estoy feliz de hacer lo que quieras. —Su voz se ha vuelto progresivamente más ronca y el sonido tensa los músculos de la mitad inferior de mi cuerpo.

Ganarte es suficiente, pero conseguir que hagas lo que quiero puede ser útil. ¿Tú qué sacas de esto? —le pregunto, ya pensando en todas las cosas que podría conseguir que él hiciera.

—Lo mismo. Podré redimirme por no enviarte mensajes de texto y tendrás que hacer todo lo que te pida.

—Puedo estar de acuerdo con eso, siempre y cuando no se trate de nada sexual.

—No necesitaría una apuesta para eso —dice.

Si él pudiera ver mi cara ahora mismo, creo que moriría —. ¿Seguro que quieres hacer esto? —pregunto de nuevo, tratando de ignorar la causa de mi corazón acelerado.

—¿Qué pasa, Collins? ¿Estás preocupada?

—No, tú deberías estarlo. Tendré que empezar a pensar en lo que haré cuando pierdas.

—No me conoces desde hace mucho tiempo, pero debes saber que no pierdo, especialmente cuando tengo un incentivo para ganar.

Me lo puedo imaginar sonriendo.

—Ya veremos, vejete.

—Estoy seguro de que lo harás, Mia.

Hay una pausa en la conversación, su respiración es la única señal de que todavía estamos en el teléfono.

—¿Qué estás haciendo? —me pregunta.

—Acostada en la cama. ¿Tú?

—Lo mismo.

—Eso es un poco tonto. ¿No se supone que debes estar de fiesta, emborrachándote y echando un polvo?

—¿Piensas tan poco de mí? —Él suena un poco herido.

—Simplemente repitiendo lo que dicen los demás.

—¿Siempre escuchas lo que dicen los demás?

—Realmente no.

—Bien.

—Asegúrate de usar ropa deportiva. No se necesitan tacones —me dice Colton.

Es domingo por la noche y hemos estado hablando por teléfono durante aproximadamente una hora, hablando de todo y de nada a la vez. Este es el segundo día consecutivo que hablamos por teléfono y parece que lo hemos estado haciendo durante años. Tenemos planes de ir al gimnasio mañana, según nuestro acuerdo. Toda la mañana he estado pensando en lo que me metí con esta estúpida apuesta. Odio el gimnasio y no sé cómo se supone que debo resistir a Colton si aprovecho al máximo mi tiempo con él.

—He estado en un gimnasio antes. No es un concepto extraño, ¿sabes?

—Me suenan bien unos pantalones cortos y un sujetador deportivo.

—Sí, en tus sueños, Colton.

—Cada noche.

Siento que mis mejillas se calientan.

Lucho por encontrar una respuesta y Colton vuelve a hablar.

—Entonces, iré por ti a las cinco.

Me levanto de la cama como si fuera lava y me estoy quemando.

—¿Disculpa, a qué hora vendrás?

—Sí, dijiste que podías seguir el ritmo. ¿Te estas arrepintiendo, Collins?

—Puedo seguir el ritmo, Hunter. ¿Pero en serio? Las 5 a.m. es una hora infame. Apenas puedo levantarme para nuestra clase de las ocho.

—Es lo que hago, nena. Tienes que caminar una semana en mis zapatos. Ese es el trato.

Ignoro el hecho de que me llama nena porque me niego a ir a un lugar donde esto es más que un simple coqueteo.

—Tus zapatos apestan —es mi respuesta y luego agrego —: Estaré lista para las cinco, pero no esperes que esté feliz por eso. No lo estaré. No estaré alegre; No soy una de esas personas.

—No esperaba que lo estuvieras. No pensé que fueras del tipo alegre.

—Me molestas —respondo mientras una risita se escapa de mi boca.

¿Una risita, en serio?

—Pero yo te agrado de todos modos.

No tiene idea de cuán verdaderas son sus palabras. Sé que realmente no lo dice en serio en la forma en que lo tomo, pero no puedo evitar reconocer que los sentimientos que tengo por él han superado el odio y la amistad, y me estoy mudando a un territorio menos seguro. Lo han sido desde el día en que lo conocí.

—Odio decírtelo, pero no soy una de tus admiradoras —yo bromeo.

—Lo sé. Créeme, lo sé— dice, casi contento de reconocer la diferencia.

—Bueno, te dejo tranquilo. Si tengo que levantarme al amanecer, será mejor que me vaya a dormir ahora.

—Estarás bien. Quiero decir, verme a primera hora de la mañana suena como una motivación más que suficiente para levantarte.

—Uf, en qué concepto te tienes, papacito.

—No es lo suficiente, diría yo.

—Hunter, estás nadando en un océano de humildad —le digo con sarcasmo.

—¿Te importaría darte un chapuzón?

Puedo imaginarme sus cejas alzándose hacia el cielo de manera sugerente.

—No soy una fanática de nadar en mar abierto. Buenas noches, Colton.

—Podemos cambiar eso. Buenas noches, Mia. —La forma en que mi nombre sale de su lengua me golpea directamente en el estómago, resucitando las mariposas que me encuentro tratando de silenciar. Es casi como si me estuviera reclamando, y me encuentro deseando nada más que eso sea verdad. Yo quiero ser de él. Quiero que él sea mío y eso me da un susto de mierda.

—¿Oye, Mia? —La voz de Colton rompe mis pensamientos.

—¿Sí? —gruño en respuesta, sin saber que había estado en la línea. Gracias a Dios no había dicho nada de esto en voz alta.

—¿En qué piensas?

—Mis pensamientos son sólo míos, Colton. Hora de colgar.

—Bien, bien. Cuelga.

—Con mucho gusto —digo, finalizando la llamada. No hay forma de que esté jugando al juego de cuelga tú, no, cuelga tú.

Ya voy a colgar o al menos mi corazón lo hace.

13

MIA

—TE ODIO —DIGO MIENTRAS SUBO AL LADO DEL PASAJERO del carro de Colton. Son las cinco de la mañana. ¿Quién se levanta tan temprano?

—Buenos días.

—Todavía te odio.

—Sí, sí. Por supuesto que sí. Toma. —Me entrega una taza de café y se la tomo como si me hubieran negado la cafeína durante un año. Lo huelo, sintiéndome cobrar vida.

—Supongo que ahora me amas. Es un placer venderte drogas —dice, poniendo el carro en marcha.

—Por favor detente. Todavía no estoy lista para ti. —Tomo un sorbo de café solo para darme cuenta de que es exactamente como me gusta: sin leche, suficiente azúcar.

—Lo mantendré bajo hasta que lleguemos al gimnasio —dice riendo.

—El café no ha entrado en acción, pero gracias por prepararlo como a mí me gusta.

No puedo creer que recordara cómo lo había pedido en el restaurante.

—No pensaría en comprarte nada más.

—Eres bastante perspicaz —le digo, expresando el pensamiento que pasa por mi mente.

—Tengo que serlo. En ese sentido, tengo que decir que estoy un poco decepcionado de que decidieras saltarte los pantalones cortos y el sujetador deportivo.

—*Estoy* usando un sostén deportivo, Colton. No es que sea asunto tuyo, pero lo guardo debajo de mi camiseta. Ahora conduce antes de que vuelva adentro y meterme en la cama.

—¿Es una invitación? —me pregunta.

—Ya quisieras.

—Sigues diciendo eso. Tal vez eres tú quien lo desea.

—No, nunca. No, gracias.

—Eres solo un durazno por las mañanas. Deberíamos hacer esto con más frecuencia —dice. Lo miro salvajemente—. Bien, bien. Yo conduzco, señorita Daisy.

Jaja, muy gracioso.

Unos minutos más tarde llegamos al polideportivo. Estoy un poco sorprendida de que no sea el gimnasio general cerca del cuadrante; éste está situado cerca del campo de fútbol y normalmente está reservado para los atletas. El resto de nosotros, gente —normal —vamos al Centro Murray.

Me giro hacia Colton.

—No creo que me permitan entrar allí —le digo, señalando las instalaciones. Honestamente, no me deceptciona que no estemos haciendo ejercicio al amanecer.

Arquea las cejas confundido.

—¿Por qué no lo estarían?

—Kiya me dijo que este gimnasio es sólo para atletas.

—No tendrás problemas.

—No reconoces las reglas, ¿verdad? Si lo haces, probablemente seas del tipo que tampoco las sigue, ¿eh?

—Los jugadores de fútbol obtienen algunas ventajas —él responde con indiferencia.

Pongo los ojos en blanco.

—Por supuesto que los jugadores de fútbol obtienen ventajas.

—Mia, deja de buscar excusas para renunciar a esto y vámonos. —Él sonríe—. ¿A menos que estés lista para dejarlo todo?

No hay forma de que le dé la satisfacción de ganar.

—No soy una cobarde. Vamos.

Entramos al gimnasio uno al lado del otro, y puedo ver que no somos los únicos aquí. Supongo que los atletas tienen que esforzarse un poco. Veo el vestidor y me muevo en esa dirección con Colton siguiéndome. Ambos vamos a nuestros respectivos vestidores, donde dejo mi bolso, agarro mi botella de agua, teléfono y auriculares, y salgo. Espero a que Colton también salga del vestidor, y cuando lo hace, me encuentro redescubriendo su cuerpo. Atrás quedaron la sudadera de manga larga y los pantalones deportivos. En su lugar hay una camiseta de entrenamiento, del tipo Under Armour que abraza perfectamente sus músculos, y pantalones cortos de baloncesto, que hacen poco por ocultar sus activos. Realmente sabe cómo hacer que mi misión sea imposible.

Golpea mi hombro, poniendo fin a mi ensoñación.

—¿Estás lista?

—Tan lista como puedo —digo.

—Si quieres, puedes dejarlo ahora.

—¿Y darte la satisfacción? No, gracias.

—Está bien, bueno, ¿quieres que sea suave contigo?

—Estoy segura de que puedo seguirte el ritmo, Hunter.

—¿Estás segura? Última oportunidad para salir antes de la tortura.

—Si no estuviera segura de poder seguirte el ritmo, no estaría aquí.

—Cuando lo dices de esa manera —dice, y me doy cuenta de cómo puede haber sonado eso.

—De todos modos —digo, ignorando su sugerente comentario—. Empecemos.

Colton se dirige a la izquierda de las caminadoras, donde se han tirado un montón de alfombrillas al suelo.

—Está bien, primero vamos a estirarnos para que no tires un músculo y necesites que te cargue.

Pongo los ojos en blanco, pero me uno a él en la colchoneta y empiezo a estirarme.

—Para que lo sepas, ya me iría de aquí si no me encantara ganar.

—No estoy muy seguro de eso —dice.

—Por supuesto que no. Entonces, ¿cuál es el plan para hoy?

—Tan pronto como terminemos de estirarnos, haremos dos millas en la caminadora para hacer funcionar nuestro ritmo cardíaco. —Si tan solo supiera que mi corazón ya está funcionando a toda marcha.

—¿Luego? —pregunto.

—Luego, haremos flexiones, abdominales, sentadillas y algunos levantamientos suaves —dice con una sonrisa arrogante, esperando a que me dé por vencida.

—Suena bastante fácil.

—Eso dices ahora.

—Lo diré más tarde también.

Él sonríe.

—Está bien, hoy haremos cinco series de diez flexiones.

—¿Es eso lo que haces normalmente? —le pregunto, asegurándome de que no se lo tome con calma, pero con la esperanza de que no le gusten doscientos de ellos. Mi voluntad solo puede llevarme hasta cierto punto; mi fuerza física definitivamente será un obstáculo.

—Cincuenta hoy, ya que levantaremos más tarde. No queremos trabajar demasiado los brazos.

—Está bien, lista cuando tú lo estés —le digo, evitando sus ojos mientras termino de estirarme.

Se pone de pie y me tiende la mano. Envuelvo mis dedos alrededor de los suyos y él hace una pausa por unos segundos antes de levantarme para ponerme de pie. Camina hacia las caminadoras y yo lo sigo, todavía admirando su cuerpo. Me subo a la caminadora, saco mi teléfono celular, enchufo los auriculares y me desplazo por mis listas de reproducción hasta encontrar mi lista de ejercicios, mi lista de reproducción de ejercicios que rara vez utilizo.

—¿Me vas a ignorar? —pregunta Colton.

—¿Hablas normalmente cuando corres?

—No.

—Eso es lo que pensé.

Él sonríe con una sonrisa perfecta y niega con la cabeza, sacando los auriculares y el teléfono. Presiono reproducir en mi lista de reproducción, coloco el dispositivo en el portavasos y toco el botón de inicio rápido en la máquina. Empiezo a correr con el sonido de *Wake Up* de Kesha, esperando que me dé algo de energía. Si voy a seguir el ritmo de Colton, lo necesitaré.

Por el rabillo del ojo, lo veo corriendo sin esfuerzo a mi lado. Agarro velocidad para igualarlo porque a este ritmo él terminará mucho antes que yo. Se supone que solo debo mantener el ritmo, pero mantener el ritmo significa seguir el ritmo que él marca.

Aproximadamente trece minutos después, veo a Colton bajar de la caminadora. El gilipollas puede correr. Todavía tengo media milla por recorrer. Lo veo agarrar algunas toallas de papel y rociar para limpiar su máquina. Cuando termina, se coloca detrás de mí, y el pelo de la parte posterior de mi cuello se eriza al saber que me está mirando. Termino tres minutos más tarde y limpio la máquina.

—No está mal, Collins.

—¿Qué sigue? —ordeno, sin aliento.

—Flexiones —dice, volviendo al lugar donde comenzamos a estirar—. Está bien, entonces te voy a mostrar cómo hacer una lagartija.

—Sé cómo hacerlo...

—No del tipo que hacen las chicas en la clase de gimnasia —aclara.

—Sé cómo hacer una lagartija, Colton.

—Bueno, por si acaso, alternaremos conjuntos. Yo iré primero. —Antes de que tenga la oportunidad de sugerir que ambos lo hagamos al mismo tiempo, se baja al suelo y comienza. Juro que le toma sólo dos minutos levantar y bajar el cuerpo diez veces. Se mueve sin esfuerzo, como si estuviera levantando una pluma y no su cuerpo de noventa kilos.

—Tu turno —dice, tocándome en el hombro. Me bajo al suelo y comienzo.

Arriba. Abajo. Arriba. Abajo.

Se sintió como si Colton hiciera su set en segundos. Los míos se sienten como si me estuvieran tomando horas.

—Tú —digo, sintiendo que es la batalla más importante de mi vida, ambos viendo hasta dónde podemos empujar al otro. Aprovecho mi descanso y observo cómo trabajan los musculosos brazos de Colton. Me había dicho a mí misma que iba a hacer todo lo posible por ignorarlo. Pero mis esfuerzos son inútiles. Soy muy consciente de cada uno de sus movimientos.

Flexiones, abdominales y sentadillas. Ninguna de estas cosas ha sido más sexy, pero ver a Colton hacer sus sets las convierte en las cosas más entretenidas del mundo.

—¿Quieres rendirte ahora? —me pregunta después de que terminamos las cinco series de flexiones, abdominales y sentadillas. ¡Mi cuerpo grita que sí! diciéndome que detenga esta locura, pero mi cabeza obstinada dice que no. Solo queda levantarme. Puedo hacer esto.

—No. Para de preguntar. Terminemos con esto —digo, mi respiración sale en ráfagas cortas y agudas, dejando en claro que nunca hago esta mierda.

—Está bien, entonces haremos algo de levantamiento. Me verás para que pueda mostrarte la forma correcta de levantar las pesas, luego te veré hacerlo.

—Eres inflexible en mostrarme cosas hoy.

—Me gustaría mostrarte cosas todos los días —dice, y no puedo evitar sonreír ante su comentario.

—¿No es una tarea muy importante checar a alguien?

—¿Sí, entonces?

—Entonces, es posible que necesites a alguien más fuerte.

—Te perdí después de alguien.

—Perdón. Alguien más fuerte —digo, odiando el hecho de que tengo que admitir mi debilidad. Prefiero eso que dejarle caer las pesas.

—¿Eso era español? ¿Y estás diciendo que no eres lo suficientemente fuerte?

—Sí, y estoy diciendo que no sé cuánto levantas.

—¿De dónde eres? —me pregunta, ajustando el peso en la barra.

—República Dominicana. Te lo dije cuando hablamos de trepar a los árboles —me quedo inexpresiva.

—No, lo que quiero decir es ¿dónde vivías antes de venir aquí? —reformula su pregunta.

—California. ¿De verdad vas a hacer que te vea? —pregunto, cambiando de tema. Está acostado en el banco ahora, el sudor brilla en su piel.

—Sí, no es difícil. Nunca tengo a alguien que me vea. Conozco mis límites —dice, sus ojos sosteniendo los míos.

—Si tú lo dices —digo, sin sentirme en absoluto segura.

—Porque es cierto. —Guiña un ojo y comienza a levantar las pesas—. Tu trabajo es realmente asegurarte de que la barra no se me caiga en la cara. Te diré si necesito ayuda para volver a colocarla en su lugar.

—No suena para nada importante —murmuro, tomando mi posición como lo he visto en la televisión.

Observo la forma en que sus músculos se expanden cada vez que levanta la barra, y por un segundo deseo... nada.

—¿Sí? —pregunto con voz inestable cuando me doy cuenta de que me está mirando.

—Nada —dice, igualmente sin aliento. Noto el sudor en su frente, la forma en que su pecho se mueve hacia arriba y hacia abajo, el ajuste ceñido de su camiseta. Y bueno, nunca antes había encontrado sexy a alguien cubierto de sudor, pero hay una primera vez para todo.

Colton vuelve a poner la barra en su lugar.

—¿Ya terminaste? —le pregunto habiendo perdido la cuenta de cuántas repeticiones ha hecho.

—No, nada más estoy tomando un descanso.

—Pensé que alguien como tú tendría resistencia.

—Puedo mostrarte mejor de lo que puedo decirte.

Colton reanuda su entrenamiento. Dios, los sonidos que emite son fascinantes. Nunca pensé que el sonido de alguien haciendo ejercicio sería tan atractivo, pero en Colton, no sé qué no sería. Puedo sentir cada gruñido en lugares donde no debería, y mi mente comienza a preguntarse dónde más podría hacer esos sonidos.

—Listo. Tu turno.

—Está bien, para que lo sepas, esto es lo último que necesito hacer.

—Sí, lo cambiaremos en la semana.

—¿Podemos terminar hoy?

—¿No puedes manejarlo?

—No quiero despertarme a las cinco en punto todos los días.

—Veremos cómo te va y podría considerarlo.

—Eres molesto.

—Soy muchas cosas. ¿Cuántas libras quieres levantar?

—¿No puedo hacer lo mismo que tú?

—No creo que quieras.

—¿Cuántos hiciste?

—Trescientos, pero hago esto todos los días. Y mientras haces un trabajo decente al fingirlo, puedo decir que no podrías levantar tanto.

—Dame setenta y cinco. Empezaré con eso.

—Vaya, accediste más rápido de lo que pensé.

—Conozco mis límites —le respondo citándolo a él. Tomo su lugar en el banco mientras él se levanta y se para encima de mí. No dice nada más, solo respira y me mira. Se me pica la piel y se me pone la piel de gallina, traicionándome. No sé cuál preferiría tener: sus ojos fuera de mí o porque ambos provocan una reacción.

—Bien, bien, bien —dice una voz detrás de mí. Sigo levantando, las setenta y cinco libras se sienten más pesadas con cada repetición.

—Hey —oigo responder a Colton.

—Si hubiera sabido que estabas entrenando gente, me habría apuntado hace mucho tiempo, Colt.

—¿Cierto? Hubiera puesto mi nombre en la lista. —Escucho la voz distintiva de Zack.

—¿Quién es la chica? —la otra voz pregunta de nuevo, y paro mi entrenamiento, dejando que Colton me ayude a poner la barra en su lugar.

—¿No tienes algo mejor que hacer, Jesse? —Colton responde y me siento.

—Bueno, hola —me dice Zack.

—Hey, Zack —respondo, un poco sin aliento. Mis ojos se mueven para ver a otro chico parado a un lado. No lo reconozco, pero su cabello rubio y su mandíbula distintiva me son familiares.

—Qué casualidad verte aquí.

El comentario de Zack atrae mi atención hacia él. —Qué casualidad verte a ti en absoluto —le digo, recordándole cuántas veces ha faltado a clase.

—Tengo que hacer lo que tengo que hacer.

—¿Ojalá eso signifique ir a clase hoy? —respondo.

—Entonces, todos se conocen —dice el otro tipo. Es alto, moreno y de hombros anchos. Este debe ser Jesse. —No creo que nos hayan presentado formalmente a los dos. Debes ser el la n... de Colton...

Se detiene y mira a Colton.

—Mia. Ella es Mia —termina Colton por él.

—Hola, Mia. Soy Jesse Falcon, pateador, pre-médico y confidente de estos idiotas —dice, extendiendo su mano hacia mí.

—Hola, Jesse. Soy Mia.

—No sé sobre eso si tienes a este tipo entrenándote. —Señala con el pulgar en dirección a Colton.

—No entrenándome —aclaro—. Es una apuesta.

—¿Una apuesta? —Zack dice desde su lugar junto a Colton.

—Cuéntame más —dice Jesse.

—¿Que está pasando? —dice el misterioso rubio, uniéndose a la conversación.

—Tu hermano aquí está dando lecciones privadas debido a algún tipo de apuesta —dice Jesse.

¿Hermano? Miro al chico más de cerca y puedo ver las similitudes con Colton; son sorprendentes. Las diferencias son pocas, pero están ahí. Mientras que Colton parece un hombre, su hermano se ve más desquiciado, juvenil. Colton es más alto y musculoso, pero su hermano también va por buen camino. Aun así, Colton es mucho más guapo y parece que podría llevarse a su hermano cualquier día.

—Mierda. —Escucho la palabra escapar de los labios de Colton y puedo decir que está molesto porque sus amigos están aquí. Se frota la frente sudorosa mientras los dos nos quedamos allí. Rodeado de estos gigantes, recuerdo lo bajo que soy.

—Encantado de conocerte, Mia. Soy Nick —dice con una sonrisa de comemierda en su rostro.

—Hola —digo un poco cautelosa y veo a Colton negar con la cabeza.

—He escuchado mucho de ti. Es bueno finalmente ponerle cara al nombre —dice y estoy un poco asustada por lo que pudo haber escuchado.

—No, eso no es cierto —afirma Colton con los dientes apretados.

—Sí, lo he hecho —dice Nick, desafiando a su hermano —. Alguien no puede dejar de hablar de ti.

—Sí, les sigo contando a todos los chicos sobre tu caída el segundo día de clases, lo siento —agrega Zack encogiéndose de hombros, y me río, sintiéndome a la vez avergonzada y aliviada.

—Sí, siempre hablando de la chica bajita y bonita de su clase que se unió a su equipo —agrega Jesse.

—Um, gracias —respondo porque ¿qué más puedo decir?

—Sí, habría llamado que tenía preferencia, pero...

—Pero ella no es propiedad —responde Colton.

—No es de mi propiedad, eso es seguro —agrega Zack.

—¡Okey! —Colton anuncia—. Muchas gracias por interrumpir nuestra sesión. Mia y yo acabábamos de terminar.

—¿De verdad, hermano? ¿No puedes quedarte unos minutos más? —Nick pregunta, luciendo decepcionado por no poder seguir burlándose de su hermano.

—No, todo listo —agrega Colton, limpiando el banco que estaba usando.

—¿Que está pasando aquí? —dice otro chico. Tiene aproximadamente la misma altura que Colton y es tan guapo como los demás. Es como si esta escuela estuviera llena de modelos de revista.

—Colton está entrenando a Mia —afirma Zack.

—Aparentemente para algún tipo de apuesta —agrega Jesse.

—¿Cuál es la apuesta? —Nick pregunta, despertando su interés.

—No es de tu incumbencia —responde Colton y es como ver un partido de tenis con todo el ir y venir. Estoy haciendo un entrenamiento de cuello con cuánto volea.

—No creo que nos hayamos conocido todavía. Soy Chase, el mejor amigo de Colton.

—Estoy encantada de conocerte también.

Para las primeras impresiones, esta apesta. Estoy sudada y mi cabello probablemente esté hecho un desastre.

—Nos vamos —dice Colton, sus palabras entrecortadas.

—No, quédate un poco más. Todavía no hemos terminado de hablar con Mia, ¿verdad, nena? —Nick dice y Colton le dispara dagas.

—No es *tu* nena —gruñe Colton.

—Bueno, chicos, se acabó el espectáculo. Pongámonos manos a la obra —dice Chase, notando que el nivel de agitación de Colton aumenta.

—Pero...

Chase detiene a Nick diciendo—: Sin peros. Soy el capitán de la línea defensiva. Puedo hacer que te hagan cosas que ni siquiera puedes imaginar.

—¿Estás lista? —Colton me pregunta mientras los chicos van y vienen con Chase, olvidando que estamos aquí.

—Sí, todo bien —respondo, esperando que no se avergüence de que lo vean conmigo.

—Entonces, he pensado en lo que dijiste —dice mientras caminamos hacia el vestidor asintiendo con la cabeza a algunas otras personas que han llegado.

—¿Qué dije? —Hoy he dicho muchas cosas.

—Que realmente no querías despertarte y hacer esto todos los días.

—¡Okey! ¿Y?

—Estoy de acuerdo con eso.

—¿Cuál es el truco?

—¿Qué te hace pensar que hay uno?

—Bueno, ¿lo hay?

—Sí —dice con una sonrisa, el estado de ánimo se vuelve ligero y coqueto de nuevo.

—¿Lo ves? —respondo con una risa baja.

—No está mal.

—Está bien, así que, si estoy de acuerdo con lo que me pidas, ¿será como si hubiera ganado la apuesta? —pregunto, esperanzado.

—Estaremos a mano —dice mientras llegamos a los vestidores.

COLTON

—No, no lo creo. Necesito poder decirle a la gente que gané —dice con un destello de fuego en sus ojos, su competitividad la hace aún más atractiva. Me alegro de que Chase interfiriera porque estaba a segundos de golpear a uno de ellos por incomodarla con todas sus preguntas.

—Bien vale. Entonces, te dejaré decir que ganaste si estás de acuerdo con mis términos.

Ella me mira con los ojos entrecerrados.

—¿Cuáles son tus condiciones?

—No vamos a hacer esto todos los días —digo, señalando al gimnasio que nos rodea—. En cambio...

Hago una pausa para un efecto dramático, porque ¿por qué diablos no?

—¿En cambio qué? —dice instándome a seguir.

—En cambio, te reúnes conmigo para tomar un café en la cafetería todos los días que tenemos clase juntos —le digo, poniéndolo todo ahí, esperando que acepte mi propuesta porque tengo la necesidad de pasar más tiempo con ella.

Esto no fue suficiente. Necesito más.

—¿Por cuánto tiempo? —ella pregunta.

—Hasta el final del semestre. —*O para siempre*, agrego en mi cabeza por temor a sonar como un canalla si lo digo en voz alta.

—Suena factible.

Me doy un choca esos cinco mentalmente.

—Bien.

—Para que lo sepas, gané.

—Sí, sí, ganaste —le digo con una sonrisa. Y yo también, porque ella me dio lo que necesito.

14

MIA

¿QUÉ ES ESE RUIDO?

Miro mi despertador y veo que son casi las seis. Las seis de la mañana. Se supone que debo tener unos maravillosos minutos más de sueño antes de que suene la alarma. El ruido continúa y me doy cuenta de que no es mi alarma, es mi teléfono.

Me levanto lentamente, sabiendo ya que me va a doler todo el cuerpo. Levantarme de la cama es una tarea titánica. Muevo lentamente una pierna y la coloco en el suelo, la otra sigue después. Dios mío, no debería haberme esforzado tanto en el gimnasio. Si pensaba que lo que sentí ayer era malo, esto es un infierno. Lentamente alcanzo mi teléfono, mis brazos se sienten como si se fueran a caer.

Sin molestarme en mirar el identificador de llamadas, deslizo el dedo hacia la derecha y respondo.

—¿Hola?

—Hola —dice la voz en la otra línea al mismo tiempo que mi despertador comienza a sonar. Por costumbre, aprieto el botón de repetición.

—¿Colton?

—Mia —él responde, y puedo decir que está sonriendo.

—¿Estás bien? —le pregunto porque algo debe estar realmente mal si me llama tan temprano.

—Sí, todo bien.

Me froto los ojos y se me escapa un bostezo.

—Está bien, entonces, ¿por qué me llamas?

—¿No puedo llamarte?

—¡No a las cinco de la mañana!

—Son las seis.

—La misma cosa.

—Realmente no.

No queriendo ser arrastrada a la discusión, pregunto—: ¿Por qué llamas?

—¿Necesito una razón para llamarte?

—Sí, sí lo haces. Necesitas una razón para robarme dos minutos de precioso sueño.

—Recuerda, te di la hora extra al permitirte que abandonaras nuestra apuesta.

—No abandone la apuesta. Hicimos un trato.

—Sí, es cierto, y para eso estoy llamando.

—¿De verdad, en este momento?

—Acabo de terminar mi entrenamiento.

—Gracias por pensar en mí —respondo con sarcasmo.

—Y hoy tenemos una cita para tomar un café. —¿Cita? ¿Acaba de decir cita?

—¿Ya estamos comenzando este nuevo arreglo?

¿Qué tiene él que ganar tomando café conmigo todos los días?

—Sí, ese era el trato, a menos que quieras abandonar ese también.

—No, ya deberías saber que no abandono. ¿Pero estabas pensando en tomar un café a las seis de la mañana?

—Ahora no —dice con una risilla—. Solo quería avisarte. ¿A qué hora dejas tu casa para ir a la cafetería?

—¿Cómo sabes qué voy a una cafetería después de salir de casa?

—Porque te conozco. Sé que tomas café todos los días antes de clase. Sé que no lo haces tú misma porque significaría levantarte más temprano. Entonces, la elección lógica es el café de la escuela.

—¿Cómo sabes que voy al café de la escuela?

—Porque está en el camino de tu casa a clase, y sé que te gusta llegar temprano a clase.

—Estás empezando a parecer un acosador, Colton.

—Nada de eso.

—¿No? Entonces, ¿cómo te llamarías a ti mismo? Sabes cómo me gusta mi café, sabes que salgo de mi casa temprano todos los días para tomar un poco. ¿Qué más sabes?

—Sé que te gusta llegar temprano a clase porque te gusta marcar tu territorio.

—¿Y dices que no eres un acosador? —Yo murmuro. No puedo creer que sepa tanto de mí en tan poco tiempo.

—Soy observador.

—¿Conoces tanta información sobre todo el mundo?

—No, sólo de aquellos a los que les presto atención.

—¿Por qué me estás prestando atención? —pregunto, todavía sin creer que esta sea la conversación que estoy teniendo a las seis de la maldita mañana.

—No te preocupes por eso.

—¿En serio? —¿No te preocupes por eso? Esa tiene que ser mi frase más odiada.

—Entonces, ¿a qué hora sales de tu casa?

—Siete y veinte.

—Está bien, estaré allí.

Le pregunto—: ¿En el café? ¿Hola? ¿Colton? —Pero ya ha colgado.

Sin demorarme más, vuelvo a enchufar el teléfono y me levanto de la cama. Agarro mi toalla y me dirijo al baño para comenzar mi rutina matutina. Me cepillo los dientes, me doy una ducha y me aplico un poco de maquillaje, no porque vaya a ver a Colton, sino porque este es un día de esos que amerita algo de maquillaje. Luego, me peino y levanto mi cabello en una especie de moño ordenado. Elijo un par de jeans celestes, botines y un suéter rosa claro. También agarro un abrigo y una bufanda, luego cambio los libros en mi bolso.

Para cuando termino, son las siete y diez. Y como prefiero llegar temprano que tarde, decido salir de casa antes de lo que le había dicho a Colton. De camino a la puerta, saco mi teléfono del cargador, tiro mi mochila al hombro y miro alrededor de la habitación una vez más para asegurarme de que no me falta nada.

Cuando salgo por la puerta, me sorprende encontrar al hombre más guapo que he conocido esperando en la entrada. Está apoyado en la parte delantera de su carro, sus ojos recorren mi cuerpo con avidez.

COLTON

Estoy acabado. Mi cerebro está a toda marcha mientras veo a Mia. Ella me observa de la cabeza a los pies y yo hago lo mismo. Es hermosa y me siento demasiado atraído por ella. Tanto es así que no pude esperar los quince minutos extra para encontrarme con ella en el café de la escuela. En cambio, vine a su casa porque nos daría unos minutos más antes de ir a clase y sentarnos uno al lado del otro por un par de horas.

¿No es estúpido? ¿No estoy dominado? Estoy seguro de que estoy dominado, porque aquí estoy en el frío esperando a que ella salga. Para que mi chica salga y se reúna conmigo. Puede que ella no lo sepa todavía, pero yo sí, ella es mía. Y después de ayer, los chicos también lo saben.

—¿Qué estás haciendo aquí?

—Buenos días —respondo con una gran sonrisa porque no puedo evitarlo. El solo hecho de estar cerca de ella me alegra el humor.

—No es un buen día. No dormí mucho.

—¿Estás demasiado ocupada pensando en mí? —le pregunto en broma, aunque desearía que hubiera estado pensando en mí porque yo estaba pensando en ella. No creo que haya dejado de pensar en ella desde la primera, bueno, la segunda vez que la vi.

—Demasiado ocupada siendo despertada por ti.

—Te tenía como una persona madrugadora; aunque, después de ayer, debería haberlo sabido mejor. Aun así, no quise despertarte, aunque *solo* fueron dos minutos. Supuse que estarías despierta para prepararte para la clase. ¿Las chicas no tardan horas en prepararse? —pregunto, haciendo una generalización que sé que le traerá fuego a los ojos.

—No, no me toma horas prepararme —dice irritada—. ¿Podrías dejar de pintar a todas las chicas con un pincel?

Cuando solo le sonrío triunfalmente, sabiendo que la he presionado, ella pregunta—: ¿Qué estás haciendo aquí?

—Vine por ti para nuestra cita —respondo, enfatizando la palabra cita. Le estoy dando todas las señales a las que otras chicas habrían saltado hace semanas, pero no a Mia.

—Pensé que nos encontraríamos en el café —dice.

—Pensé que lo mejor sería venir por ti.

Ella tira de su suéter hacia abajo nerviosamente.

—¿Por qué es eso?

—Porque hace frío afuera. —Y no quiero que mi chica se congele. Rompo nuestro concurso de miradas mientras me muevo hacia el lado del pasajero del carro y le abro la puerta.

—Estoy bien con el frío. Puedo caminar. Lo hago todos los días —dice entrando en el carro.

—No es necesario porque estaré aquí para recogerte.

—¿Por qué?

—Porque iremos juntos al café de todos modos, así que, si paso por ti, puedes dormir más y tener menos frío.

—Como dije, estoy bien. Además, los días en que no tomamos café juntos, tendré que caminar de todos modos. No hace mucha diferencia —responde ella porque nunca puede simplemente estar de acuerdo. Ella nunca lo pone fácil, y creo que eso es parte de lo que me atrae de ella.

—Solución fácil. Tomaremos café todos los días y vendré por ti —respondo, cerrando la puerta y acercándome al lado del conductor con una sonrisa arrogante porque se dé cuenta o no, la estoy haciendo mía.

15

COLTON

He visto a Mia todos los días para tomar un café desde nuestra única sesión de gimnasio. Hoy, le he pedido que se reúna conmigo para almorzar también. Solo estamos comiendo en la escuela, pero me tomaré el tiempo que pueda con ella. Miro el reloj que cuelga en la pared sobre la cabeza del profesor y miro el minutero acercándose a la hora. Cuando finalmente da por terminada la clase, empaco mis cosas y soy el primero en salir, pero me detengo justo afuera del salón cuando suena mi teléfono.

Es Adaline. No la llamo nada más que su nombre de pila. Hay nombres más apropiados para ella, pero por respeto a mí mismo, me abstengo de usarlos. Esta mujer solo me dio a luz, nada más. Eso es lo único que me une a ella, eso y...

—¿Qué quieres? —pregunto, agarrando mi teléfono con tanta fuerza que cruje.

—Hola, hijo —ella responde en su falso tono maternal.

—¿Necesitas algo? —pregunto, caminando hacia el comedor.

—Sí, de hecho, sí. Estamos organizando un evento para recaudar fondos para los jóvenes en riesgo —dice como si realmente se preocupara por el problema. Si lo hiciera, estaría allí para Nick y Kaitlyn, quienes regularmente se ponen en peligro solo para llamar su atención.

—Bien por ti —respondo sarcásticamente, esperando terminar la conversación lo más rápido posible.

—Estas viniendo. Es este domingo a las seis. Tu hermano también estará allí, ya que ambos son jóvenes en la universidad, y queremos que hable con algunos de los jóvenes.

—No puedo, estoy ocupado.

—Busca el tiempo —dice ella.

—Tengo tareas que hacer.

—No necesitas cerebro, cariño. Tu talento te llevará a la NFL. Esto es importante.

Puedo sentir mi ira aumentando.

—No voy a ir.

—No estoy preguntando —dice antes de colgar el teléfono.

Cuando entro en el comedor, mi enojo todavía me acecha. Me gusta tener el control, pero no puedo controlar mi propia maldita vida con Adaline tirando de mis hilos como si fuera su maldita marioneta. Escaneo el lugar en busca de Mia, encontrándola en una mesa con todos los chicos. Se ríen de algo que dice, sus manos se mueven animadamente mientras vuelve a contar un chiste o una historia.

Cuando me acerco, mira hacia arriba y parece sentir instantáneamente mi mal humor. Me siento a su lado y puedo verla mirándome por el rabillo del ojo. Intento darle una sonrisa tranquilizadora, pero sé que no llega a mis ojos. Mis pensamientos están demasiado consumidos con Adaline y sus ridículas demandas. *No* estoy a su entera disposición.

Trato de alejar mi enojo y en cambio me enfoco en Mia y los chicos. Le están dando una mierda porque todavía no ha ido a un partido de fútbol. Ella les cuenta sobre su amor por el fútbol profesional y acepta quizás ver un partido en algún momento. Agarro mi almuerzo y trato de mantenerme al día con el resto de la conversación, pero mi mente está en otra parte. Siento que Mia me mira por encima del hombro unas cuantas veces y puedo ver la preocupación escrita en su rostro.

Miro mi teléfono, comprobando la hora.

—Mierda. —Miro a Mia—. Tengo que irme.

—Está bien —responde ella, mirando su bandeja.

—¿Puedo verte más tarde?

Levanta las cejas.

—¿Tres veces en un día?

Si tan solo supiera que la vería feliz cada segundo del día.

—¿Estás libre? Necesitamos descubrir cómo comenzar con el trabajo.

Ella sonríe tentativamente.

—Por supuesto.

—Genial, paso por ti a las ocho.

DESPUÉS DE TERMINAR MI ENTRENAMIENTO, ME APRESURO A casa para ducharme y luego voy a buscar a Mia para nuestra cita en la biblioteca. Enciendo mi carro, preparándome para ponerlo en marcha, cuando mi teléfono comienza a sonar. La última vez que revisé mi teléfono, tenía tres mensajes de voz, cinco mensajes de texto y cuatro llamadas perdidas de Adaline. Una mirada rápida a la pantalla me dice que es ella de nuevo. Ignoro la llamada, pero Adaline puede ser persistente cuando quiere, así que dos llamadas perdidas más tarde, sigue llamando. Con un gruñido, contesto el teléfono, preparándome mentalmente para otra conversación de mierda.

—¿Cancelaste tus planes? —me pregunta en lugar de un saludo.

Bueno. Es mejor de esta forma. Al menos la conversación será más corta.

—No. Te dije que tengo cosas importantes que hacer —miento de nuevo.

—Estarás allí mañana a las seis, Colton.

—¿Me has oído? —pregunto—. Dije que no, que no puedo.

—Es dulce que pienses que tienes una opción. Estarás allí a las seis y sabes las consecuencias si no te presentas.

—Ni lo pienses —respondo, llamando su mentira. De ninguna manera ella cumplirá con sus amenazas solo porque no me presento a un encuentro y platico con algunos chicos.

—Harás lo que sea que yo...

Corto la llamada antes de que pueda terminar. Tal vez esto sea arriesgado, pero solo hay mucho que puedo tomar.

Conduzco más rápido de lo habitual hasta la casa de Mia. Una vez más, no estoy de muy buen humor, pero sé que verla lo mejorará, aunque sea solo temporalmente. En el momento en que entro en su camino de entrada, ella sale corriendo por la puerta con una de esas chaquetas con capuchas peludas y va directamente al lado del pasajero como lo ha hecho todos los días desde el gimnasio.

Parece que pertenece en este carro conmigo, y por un segundo, puedo sentir que mi estado de ánimo comienza a aligerarse.

Entonces mi teléfono suena de nuevo.

—¿Vas a contestar eso? —Mia pregunta después de un largo minuto de escuchar el tono de llamada asignado a Adaline.

—No —respondo con firmeza.

Sé que está llamando para amenazarme de nuevo. Para que me doblegue a sus demandas como siempre lo hace. Sé que, si lo recojo, cederé porque hay demasiado en juego.

—¿Estás bien? —ella pregunta.

—Sí —miento—. ¿Por qué no lo estaría?

MIA

—No estoy de humor para esto —espeta Colton, golpeando con las manos la parte superior de la mesa. Algunas personas se vuelven hacia nosotros, pero en el momento en que ven a Colton, abandonan cualquier pensamiento de decirle que se calle.

—Oh —respondo, sin saber qué más decir, pero sintiendo que he cruzado una línea invisible—. Mis disculpas.

Empiezo a juntar mis cosas que están esparcidas por toda la mesa. No voy a quedarme aquí y que me muerdan el trasero por sugerir que entrevistemos a sus padres para esta tarea en lugar de a la mía, los padres que no tengo.

—No, Mia, espera. Lo siento. Estoy siendo un idiota.

—No me digas. —Tal vez debería haberme aferrado a mi instinto sobre él. Primeras impresiones y todo. Guardo mi cuaderno en mi bolso.

—Es cierto.

—Colton, tu estado de ánimo tiene más cambios que un patio de recreo y ya no soy una niña. —Subo la cremallera de mi bolso y lo tiro por encima del hombro.

—Joder —dice, tirando de su cabello. Agarro mi abrigo del respaldo de la silla y empiezo a ponérmelo.

—No podemos entrevistar a mis padres.

—¿Por qué no? —pregunto mientras me abrocho la chaqueta.

—¿Por qué no podemos simplemente entrevistar al tuyo? —dice, sonando derrotado.

—Porque no tengo ninguno —digo en voz muy baja. Necesito alejarme antes de decir algo de lo que me arrepienta.

La brisa me golpea en el momento en que abro la puerta, el aire invernal me enfría los huesos. Gracias a Dios, escuché a Kiya y me puse este abrigo. Mi primer invierno en Nueva Inglaterra hubiera sido brutal sin uno. Aun así, mientras camino bajo las estrellas, sé que mudarme aquí fue una buena elección. Ajusto la capucha haciendo todo lo posible para protegerme del viento.

Camino en dirección a mi apartamento, tratando de borrar de mi cabeza la conversación con Colton. Estoy tan harta de su cambio de actitud: primero el gimnasio después de que sus amigos vinieron también, luego la cafetería y ahora. Puede ser coqueto, divertido y lindo un minuto y luego letal al siguiente.

—¡Mia, espera! —Lo escucho decir detrás de mí, pero sigo caminando. No estoy perdiendo el tiempo—. ¿Puedes dejar de caminar tan rápido? Estoy tratando de hablar contigo.

No me detengo.

—Yo también estaba tratando de hablar contigo. ¿Recuerdas? —Se acerca a mi derecha, igualando cada uno de mis pasos.

—Siento lo de tus padres —dice y suena sincero.

—Yo también —respondo, porque ¿qué más se supone que debo decir, ¿estás bien? Porque sé que no lo está.

—Lamento que seas un idiota —agrego.

—Yo también —dice y ambos nos echamos a reír, la brisa se lleva la tensión anterior.

—¿Que les pasó a ellos?

—Creo que podrías tener varias personalidades.

—La mayoría de la gente simplemente ve al imbécil. Eres una de las afortunadas que llega a verlos a todos.

—Suerte la mía —digo con sarcasmo.

Después de un segundo, pregunta—: Entonces, ¿tus padres?

Le doy una mirada de reojo. Parece inflexible en aprender más. Me vuelvo hacia él.

—Te hablaré de los míos si me hablas de los tuyos.

Su mandíbula se endurece de inmediato, el gris claro de sus ojos se convierte en un metal oscuro, y veo que su comportamiento cambia, excluyéndome como le he visto hacer con sus amigos.

En esa fracción de segundo, decido evitar que la barrera separe a Colton de mí. Puedo decir que lo que sea que esté escondiendo lo ha estado afectando. La persona en la que se convirtió ante mí es la misma con la que me encontré esa noche en el club. El tipo que camina como si no tuviera emociones y no le importa un carajo nada. Pero puedo decir que hay más. Hay más para él.

No juzgues un libro por su portada, ¿verdad? Esta portada no parece tan atractiva, pero ya estoy involucrada en la historia.

Sé lo difícil que es hablar de tus sentimientos. Si alguien lo sabe, es la chica que cambió de escuela y se mudó por todo el país para evitar hablar de ella. Así que aquí estoy, explicándolo todo para él. Dándole otra parte de mí.

—No tienes que hacerlo, decírmelo. Puedo hablarte del mío, y si quieres, si te sientes cómodo, si confías en mí, puedes hablar conmigo.

Lo miro a los ojos, mi mano derecha encuentra el camino hacia su mandíbula, mis ojos se conectan con los suyos. Quiero que sienta la sinceridad de mis palabras. Sus ojos vuelven a ese hermoso gris que hace que mi corazón se acelere. Suspira, su cuerpo se relaja y puedo ver la pared desaparecer.

—Lamento haber actuado como un idiota —dice—. Me encantaría saber más sobre ti. Te prometo que no siempre soy un idiota.

Noto que mi mano izquierda está en su pecho, mientras que mi mano derecha todavía acaricia su rostro. Me alejo de inmediato.

—Estoy segura de que lo volverás a hacer, pero no esperes que me quede aquí y lo acepte.

—No lo soñaría. Trabajaré en eso —murmura.

—¿No deberías ir en dirección a tu carro? —pregunto, recordando que condujimos hasta aquí.

—Lo conseguiré más tarde. A menos que prefieras que te lleve a casa...

—Me gustaría caminar —respondo sintiendo que ayudaría a quitar algo de la incomodidad entre nosotros.

Caminamos hacia mi casa en silencio, disfrutando de la mutua compañía. Tan pronto como llegamos a la puerta principal, me doy la vuelta para decir buenas noches, pero él me deja loca diciendo—: ¿Puedo entrar? Me gustaría oírte hablar de tus padres.

Su voz es tierna, su confianza habitual desaparece. Por mucho que me petrifique compartir esto con él, una parte de mí sabe que tengo que hacerlo, que quiero.

Asiento, abro la puerta y me sigue al interior.

—¿Qué opinas? —Abro los brazos y hago un movimiento extraño para mostrar mi apartamento, del cual me arrepiento de inmediato.

—¡Este lugar es genial! ¿Eso es un piano? —Colton dice mientras camina hacia la sala.

—No, eso es una bicicleta —respondo alcanzándolo.

—El sarcasmo te sienta bien, Collins. ¿Lo tocas? — Presiona algunas teclas de forma poco convencional.

—Me encantan los juegos de mesa.

—¡El piano, mujer! ¿Tocas el piano? —pregunta mientras se sienta en el banco.

—Sí, a veces —respondo mientras lo veo lucir como si perteneciera aquí.

—¿Podrías tocar para mí? —pregunta con ojos esperanzados. No hay nada parecido al Colton de la biblioteca.

—Una cosa a la vez, joven.

—Eres rara —dice, levantándose y caminando.

—Lo sé, gracias.

—¿Debería tener miedo?

—Sí, mucho —digo en tono de broma. Pero realmente el que debería tener miedo soy yo. Miedo de dejarlo entrar solo para ser lastimada por él.

—Entendido —dice, asintiendo. Una sonrisa aparece en su rostro, y oh, lo que me hace.

—¿Quieres algo de beber?

—¿Tienes cerveza?

—Sólo tenemos tequila y ron. —Cortesía de Kiya.

—En serio, ¿tienes tequila, pero no cerveza?

Me encojo de hombros.

—A Kiya le gusta el tequila, a mí me gusta el ron. Así es la cosa en esta casa.

—Así es como terminas con una resaca demencial.

—Deberías saberlo. —Le guiño un ojo y se ríe.

—También es la forma en que terminas durmiendo en la cama de otra persona.

—Sí, afortunadamente para mí, el tipo no era un completo idiota y decidió dormir en una habitación diferente.

—¿Quién te dijo?

—Kiya me dijo. Gracias por eso, por cierto. Pero también, eres una mierda por hacerme enloquecer. Pensé que había dormido en la misma habitación que tú.

—Dios mío, Mia. No tienes que decirlo como si te repugnara que compartiéramos el mismo aire.

—Estamos compartiendo el mismo aire en este momento, y créeme, no es tan bueno —bromeo, agarrando dos botellas de agua del refrigerador y entregándole una.

—Me dejas entrar. No puedes preocuparte demasiado por mi presencia.

Abre su agua, tomando un sorbo.

—¿Dónde está Kiya? —pregunta cambiando de tema.

—Ella tiene clase hasta tarde, luego estudio en grupo, creo.

—¿Estamos solos?

—Sí —respondo mientras tomo asiento en el sofá. Colton se une a mí y se sienta a mi lado.

—¿Estás listo para escuchar? —pregunto, queriendo terminar de una vez. No quiero prolongar lo inevitable.

—Siempre estoy listo para escuchar cualquier cosa que tengas que decir.

Respiro hondo y empiezo a contar la historia.

—Bueno, mi mamá murió en un accidente automovilístico hace aproximadamente un año.

—Lo siento mu...

—Y antes de que digas que lo sientes, déjame advertirte que no quiero tu compasión. Ya me he ocupado de eso. He seguido adelante, el pésame no es necesario. No me hiciste daño.

Todavía no de todos modos, la voz dentro de mi cabeza interviene.

—Está bien, lo sien... —Se sorprende a sí mismo en medio de una disculpa—. Entiendo.

Le cuento todo sobre cómo mi padre se volvió adicto al juego y luego se volvió al alcohol. Le cuento cómo mis padres empezaron a pelear todas las noches y cómo mi madre fue atropellada por un conductor que se había pasado un semáforo en rojo en una intersección cuando iba a recoger a mi padre borracho de su bar favorito. Colton no dice nada. Él simplemente asiente y escucha, y lo agradezco por ello. El hecho de que pueda hablar de ello con tanta facilidad es una señal de que en realidad estoy avanzando, o al menos creo que eso es lo que diría un psicólogo.

—Mi papá no pudo soportar la culpa, supongo, así que después de perder a mamá, se fue.

La mano de Colton aterriza en mi hombro, no de una manera sexual, sino reconfortante y de apoyo. Es como si realmente entendiera y quisiera darme fuerza. Termino mi historia, lista para no volver a vivirla nunca más. Aunque estoy avanzando, los recuerdos aún contienen mucho dolor.

—Gracias por compartir eso conmigo —dice después de que termine.

—Ahora sabes por qué no podemos entrevistar a mis padres.

—Tampoco podemos entrevistar al mío. Tengo mis razones y las compartiré contigo, pero solo cuando esté listo.

—Okey. Toma todo el tiempo que necesites, estaré aquí.

—Gracias —dice.

Y sé que lo dice en serio. Esto de aquí, esto es lo que temía. Ambos nos sentimos cómodos el uno con el otro, confiando el uno en el otro, y se siente como si dejáramos de ser solo amigos. No es acercarse a él lo que me da miedo. Es lo que pasa después.

—Está bien, la hora del chisme ha terminado. ¿Quieres ver una película? —pregunto. No quiero que termine la noche. No estoy lista para que se vaya.

—Por supuesto, tú eliges —dice, quitándose los zapatos y apoyando la cabeza en mi regazo. Aunque esta proximidad y nivel de comodidad deberían hacerme correr hacia las colinas, no se siente... bien. Agarro el control remoto de la mesa, busco entre las películas que hemos comprado y encuentro una de las películas de Rápidos y furiosos. Realmente no hay nada como Paul Walker, Vin Diesel, los carros y la velocidad para terminar con una montaña rusa de una noche.

—Eres perfecta —creo que le oigo decir.

—¿Qué? —pregunto.

—Perfecto, dije. Gran elección de película.

ME DESPIERTO SOBRESALTADA CUANDO UNA LUZ BRILLANTE golpea mis ojos.

—Bueno, bueno, bueno.

La confusión surge cuando veo a Kiya mirándome con una gran sonrisa en su rostro.

Intento sentarme, pero el peso del brazo de Colton alrededor de mi estómago me detiene.

¿Cómo llegamos a estar en esta posición?

—¿Qué es tan gracioso?

—Oh, ya sabes, entrando para encontrarte abrazada en el sofá con el chico más sexy del campus.

—Habla más bajito —siseo, mirando por encima de mi hombro para comprobar que él no se ha despertado—. Nos quedamos dormidos viendo una película.

Señalo la televisión, que está apagada.

Traidor.

—Si, claro, eso es. Por suerte para mí, tengo una foto —bromea.

—¡Kiya! Sabes que no hicimos nada más. Necesitas borrar esa foto. Ahora.

—De todos modos, estoy agotada y no quiero interrumpir a los amantes.

—¡No somos amantes! ¡Borra la foto, Kiya! —Miro por la ventana y veo que las farolas siguen encendidas afuera—. ¿Qué hora es?

—Son las dos.

—¿Qué diablos estabas haciendo fuera tan tarde?

—*No* viendo una película con Blake.

—¡Asco! —Finalmente, me las arreglo para liberarme de Colton y levantarme del sofá—. ¿Cuándo decidiste darle una oportunidad?

—Cuando me pidió que fuera su chica —responde casualmente, como si no fuera gran cosa. Kiya señala el enorme cuerpo de Colton—. ¿Qué vas a hacer con él?

Lo recorro con la mirada. Es tan grande que no cabe en el sofá. Ni siquiera sé cómo nos las arreglamos para dormir allí los dos.

—Déjalo dormir. Tiene que estar en el gimnasio en unas tres horas, y tú y yo tendremos una charla sobre Blake por la mañana —digo, dándole mi mejor aspecto de me refiero a tus asuntos.

Ella me da una sonrisa maliciosa.

—Sabes muchísimo sobre su horario.

—Tenemos clase juntos. También estamos trabajando juntos en un proyecto.

—¿Eso es todo? Parece que está invirtiendo mucho tiempo en este proyecto. Debe ser muy importante.

—Eso es todo. Créeme.

La expresión burlona de Kiya desaparece.

—¿Eso es todo lo que quieres que sea?

Miro hacia atrás a la figura dormida de Colton.

—No importa.

—Podría importar.

—No lo hará. —Agarro una de las mantas que guardamos debajo de la mesa de café y cubro a Colton. Kiya, al ver que la conversación no va a ninguna parte, da por terminada la noche.

Contemplo volver a acostarme con Colton. Se ve tan tranquilo. Pienso por un momento en cómo seríamos como pareja. Sin embargo, no me permito pensar mucho en eso. No tiene sentido soñar despierta con algo que nunca sucederá.

Me dirijo a mi habitación, pongo la alarma para las cuatro y media y lucho por calmar mis pensamientos para dormir un rato al menos.

16

COLTON

Después de mi clase de ética, fui al gimnasio por un par de horas antes de dirigirme a la cafetería para reunirme con los chicos. Intentamos comer juntos al menos una vez al día. Se ha convertido en una especie de ritual obligatorio; El entrenador cree que nos ayudará a unirnos y a sentirnos como una familia.

Me siento a la mesa y escojo mi comida, que por cierto es una mierda, pero la dietista controla todo lo que comemos durante la temporada. Los chicos están hablando del próximo partido. A medida que nos acercamos al final de la temporada regular, aumenta la presión para ganar. Los entrenamientos se han vuelto más frecuentes y trabajamos constantemente en nuestra línea ofensiva y defensiva. Pasamos horas viendo las cintas, y además de eso, tenemos que dar vueltas para asegurarnos de no quedarnos atrás académicamente.

Este año, como el anterior, estoy decidido a ganar.

Es una locura lo buenos que fuimos el año pasado. Nuestro equipo fue el más fuerte que jamás haya existido. Fuimos legendarios y todos esperan lo mismo este año también. Hasta ahora, lo estamos cumpliendo, pero que la mayoría de los jugadores estrella se gradúen no fue la mejor manera de comenzar. Algunos aficionados culpan al cambio de liderazgo, me culpan a mí por el comienzo inestable y por jugar demasiados partidos cerrados, a pesar de que los hemos ganado todos.

—Entonces, después de cada victoria, hacemos una fiesta —dice Zack, llevándome de vuelta a la conversación.

—En serio amigo, vamos a estar agotados —responde Chase. Algunos de los chicos asienten con la cabeza.

—No, Zack tiene razón. Esta es la motivación que necesitamos —dice Nick. Por supuesto, mi hermano apoyaría la idea de organizar una fiesta.

—Chicos, no creo que sea una buena idea —agrego, haciendo mi debida diligencia a pesar de que sé que no me escucharán.

—¿Qué, tu chica se va a enojar porque estás haciendo fiestas y las perseguidoras de camisetas estarán colgando sobre ti? —Matt, uno de nuestros pateadores, pregunta.

—A su chica no le importaría —dice Blake, tratando de ayudar.

—No es su chica —agrega Chase.

Como si necesitara un recordatorio.

Zack guiña un ojo.

—Todavía no.

¿Cuándo se convirtió mi vida personal en tema de conversación?

—Ustedes se odiarán a sí mismos después de cada juego. Créeme, si juegas bien, estarás agotado cuando termines —agrego, sin molestarme en responder a los comentarios sobre Mia. Quizás debería dejar de pasar tanto tiempo con ella. Descarto la idea de inmediato. Eso nunca sucederá. No si puedo evitarlo.

—Jugaremos duro y festejaremos duro —dice Nick desde el otro lado de la mesa.

—¿Estamos de fiesta? —Kaitlyn pregunta detrás de Nick. La siguen Abbigail y su jauría de hienas.

—Siempre, mientras estés allí —le dice Shane, un estudiante de primer año de camiseta roja a Kaitlyn. Mis ojos se fijan en él y sus ojos se agrandan en comprensión. Por el rabillo del ojo, veo a Chase dándome la mirada que dice calma.

Todas las chicas encuentran un asiento con Kaitlyn tomando su lugar junto a Nick, y Abbigail sentada al otro lado de la mesa frente a mí.

—Está bien, ya está arreglado, una fiesta después de cada victoria —dice Zack.

—Después de cada juego, porque vamos a seguir ganando todos los juegos —corrige Blake.

—Haremos una fiesta en la casa —termina Zack, mirándome para confirmarlo.

—Lo que sea —concedo, pero agrego, —no voy a ayudar a organizar, ni a limpiar la mierda—.

—No hay problema, hombre, pero tienes que estar allí.

—Sí, donde sea que esté Hunter, las mujeres lo siguen —agrega Ian, un receptor abierto, mirando a Abbigail. Abbigail, a quien siento que está mirando un agujero a través de mí mientras hago todo lo posible por ignorarla.

Estoy a punto de responderle a Ian cuando veo a Mia entrar en el comedor.

—Bien, estaré allí —les digo para que me dejen en paz. No quiero que se den cuenta de que toda mi atención está en una persona en este momento, en esta chica, tacha eso, en una mujer. Pensarías que después de verla en clase ayer, dormir en su casa el fin de semana pasado mientras la sostenía en mis brazos, ir al gimnasio con ella y tomar café con ella todos los días de esta semana, habría tenido suficiente. Incluso verla mañana no me impide extrañarla cuando no está.

Me desconecto del resto de la conversación, aunque finjo escuchar. Los chicos están tan metidos en su discusión que no se dan cuenta de que mi atención está centrada en la hermosa mujer. La veo tomar una hamburguesa y papas fritas junto con una bebida. Se detiene, sostiene la bandeja frente a ella y mira a su alrededor. Sus ojos se conectan con alguien al otro lado del lugar, luego sonríe y saluda. Mi cabeza gira más rápido que un rayo para ver quién puso esa sonrisa en su rostro. El alivio me invade, los celos se van con la misma rapidez, cuando veo que es Kiya devolviéndole el saludo a Mia.

Me doy la vuelta cuando siento que un pie sube por mi pierna e inmediatamente miro a Abbigail. Claramente no entiende que no quiero tener nada que ver con ella. Ella me mira con una sonrisa tímida. Como todavía no tiene ni idea, haré algo que la hará entender. Le lanzo una mirada a Blake y pongo todo en movimiento.

MIA

—Vaya día de mierda —digo en el momento en que mi bandeja golpea la mesa.

—Apuesto a que mi día fue peor —desafía Kiya.

—Eso sería una mierda para las dos. ¿Podemos tener una noche de chicas esta noche para hacerlo mejor?

—¿Channing Tatum y malteadas de Oreo?

Eso suena celestial.

—Me conoces tan bien.

—Es lo que hago. ¿Dime lo que pasó?

—Larga historia. ¿Cuánto tiempo tienes?

—Oh, mierda, alguien viene para acá.

—¿Qué...? —Antes de terminar mi pregunta, siento que una mano se posa en mi hombro y una bandeja se coloca junto a la mía. No tengo que preguntar quién es porque mi cuerpo ya lo sabe. Puedo sentirlo en la forma en que mi piel reacciona a su toque. Puedo sentirlo en la opresión de mi estómago.

Colton toma asiento a mi lado y Blake se sienta junto a Kiya. Ella me mira, sus ojos se llenan de una combinación de sorpresa y emoción. Ni siquiera quiero saber cómo se ve mi cara en este momento.

Blake lanza su brazo alrededor de Kiya y su rostro se ilumina. Puede que lo niegue, pero se está enamorando de Blake. Puedo decirlo. Y la forma en que él la mira muestra que siente lo mismo. Hay una larga pausa alrededor de la mesa, probablemente debido a lo inesperado de que los chicos se nos unan. Kiya, que tiene más cojones que todos nosotros juntos, es la primera en hablar.

—¿Qué están haciendo chicos como ustedes en un lugar como este?

Me echo a reír. Mi mejor amiga es literalmente perfecta. Blake sigue mi ejemplo y puedo escuchar a Colton reír.

—Pero en serio, ¿qué les trae por aquí? ¿Están cansados de estar en el reino con el resto de la realeza? —Ella señala la mesa llena de un montón de chicos grandiosos, algunos incluso yo reconozco. También noto que la hermana de Colton está sentada allí, y junto a ella está Abbigail, quien nos mira con algo que solo puedo etiquetar como disgusto. Supongo que no llegará pronto a esta mesa.

Me doy la vuelta y digo—: Parece que ya los extrañan.

—Eso es todo de Hunter —dice Blake y mi estómago se encoge con el recordatorio de que una vez fue suya.

—No es mío —gruñe Colton y siento que se me doblan las rodillas. Si no estuviera sentada, probablemente haría una repetición del segundo día de clase.

—Bien, bien. Entonces, ¿ustedes están escapando de las cazadoras de camisetas en su mesa, entonces? —pregunta Kiya.

—Cariño, sabes que no necesito un incentivo para venir a ti —dice Blake con coquetería, acercándola más a su lado.

Ella pone los ojos en blanco, empujándolo suavemente.

—Porque te sientas conmigo todos los días —ella agrega con sarcasmo.

—Nunca vienes al comedor —él responde y es verdad. Kiya aparentemente odia el comedor, y solo vino hoy porque le envié un mensaje de texto para que me reuniera aquí para almorzar. Quería contarle cómo me involucré en un debate con mi profesor de filosofía. En retrospectiva, podría haber esperado, pero siento que ya casi no la veo. Las clases, las asignaciones, los grupos de estudio y Blake la han mantenido ocupada y a mí pidiendo comida.

—Es cierto, te lo concedo. —Ella sonríe y estoy un poco celosa de sus bromas. Celosa de lo que tienen, de lo que son y de lo que pueden llegar a ser. Pero también estoy muy feliz por Kiya. Ella se merece esto y más.

—Tú tampoco vienes aquí a menudo —me dice Colton en voz baja.

Le doy una mirada de reojo.

—Te he visto aquí para almorzar antes —le recuerdo y agrego—: Por lo que sabes, vengo aquí todo el tiempo.

—No, no es así. Yo lo sabría.

—Lo dudo. No estoy en tu radar.

—¿Lo dice quién? Puedo decirlo en el momento en que entras en un lugar.

Me sonrojo ante sus palabras. Sé que probablemente se esté metiendo conmigo, pero eso no me impide sentirme en las nubes.

Kiya y Blake comienzan a hablar sobre su día, mientras que Colton y yo estamos felices de sentarnos y dejar que ellos tomen la iniciativa. Ninguno de los dos está ansioso por hablar. Todavía no puedo creer que compartí un sofá con él.

Doy el último bocado de mi hamburguesa y estoy a punto de agarrar una papa cuando mi mano choca con la de Colton.

—¿Has estado comiendo mis deliciosas papas fritas? —pregunto, mojando una en salsa BBQ.

—¿Lo acabas de notar? Tienes que trabajar en tu conocimiento de la situación.

—Oh mierda, Hunter. Nunca toques su comida. Es la regla de oro —dice Kiya con seriedad.

—¿Por qué no? —me pregunta, agarrando otra de mis papas fritas.

—Ella tiene una obsesión por la comida —dice mi compañera de apartamento, impidiéndome responder.

—¡No! Simplemente no preguntaste— digo señalándola.

Colton se inclina y me susurra al oído—: ¿Estás diciendo que todo lo que tengo que hacer es preguntar?

—Sí —respondo sin aliento.

Vaya, ¿acaba de hacer calor aquí? Parece que ya no estamos hablando de papas fritas.

—Nunca compartes tu comida conmigo —vuelve a interrumpir mi compañera de apartamento.

Aparto la mirada de Colton y me encojo de hombros.

—Nunca preguntas.

—¿Qué haces esta noche? —Blake le pregunta a Kiya, desviando la conversación.

—Malteadas de Oreo y Channing Tatum —le dice Kiya con indiferencia.

—¿Haciendo de Channing Tatum, eh? —Blake levanta las cejas en broma.

—Sí, ¿quién no lo haría? —Kiya responde, y tiene razón. Incluso yo no dejaría pasar eso, y eso dice mucho considerando mi estado de virginidad.

—¿Compartirás conmigo? —pregunta Colton.

—¿Qué? Oh. —Empujo mis papas fritas a su lado. Kiya se burla desde el otro lado de la mesa, pero yo solo pongo los ojos en blanco y sonrío.

—Blake y yo estaremos allí a las ocho —dice Colton.

—¿En dónde? —pregunta Kiya.

—En tu casa. —Colton me dirige su respuesta y luego mira a Kiya.

—Espera, ¿qué?

—Las malteadas de Oreo y las películas suenan como una gran noche —él agrega como si esa fuera una respuesta adecuada.

—Es una noche de chicas. Al menos ese era el plan —responde Kiya.

—Ahora es sólo una noche —responde Blake, besando su mejilla.

—Puedo traerte algo de comida para pagarte por robar tus papas fritas. ¿Eso suena bien? —Colton me mira muerto a los ojos, esperando una respuesta, y sé que mis papas fritas no son lo único que me está robando.

—Supongo que está bien —dice Kiya aprovechando la oportunidad.

—Gracias nena. No puedo esperar —. Blake besa su mejilla una vez más.

Bueno, ahí va nuestra noche de chicas y mi desahogo sobre mi profesor.

—Mierda, tenemos que irnos. Llegaremos tarde al entrenamiento —dice Blake, cambiando su enfoque de Kiya a Colton.

—Vamos. —Colton agarra mi bandeja ahora vacía, la coloca encima de la suya y camina hacia el bote de la basura. Miro en dirección a Kiya y veo a Blake inclinándose hacia ella para darle un beso. Miro hacia otro lado, tratando de darles algo de privacidad. Cuando Colton regresa de dejar las bandejas, agarra su bolso y mira a Blake, donde supongo que atrapa el beso que estaba tratando de evitar.

Él se ríe.

—Consigan cuarto.

—Muy bien vamos. —Blake agarra sus cosas.

—Nos vemos esta noche entonces —le dice Kiya, tratando de prolongar su tiempo.

—Nos vemos —Blake le da un beso rápido.

Miro a Colton, sorprendida de encontrarlo más cerca de lo que esperaba. Está lo suficientemente cerca para besarme. Y por el momento más breve, creo que va a hacer exactamente eso. Su mano se desliza por mi mejilla y coloca su boca en mi oído.

—Yo haría lo mismo si me dejas —él susurra. Mis ojos se cierran rápidamente ante sus palabras, y cuando los abro de nuevo, él está saliendo por la puerta.

—Ni una palabra —le advierto a Kiya. No tengo idea de qué se trata. Si le dejo hacer qué, ¿besarme? ¿Es eso lo que quiso decir?

—Muchas palabras, pero no ahora. Tengo clase. Prepárate para contar todo más tarde. —Ella agarra sus cosas y se aleja.

Me quedo sentada a la mesa, esperando que cese el errático latido de mi corazón.

Las cosas que él me hace con solo palabras son increíbles.

Alguien se aclara la garganta detrás de mí. Me doy la vuelta, medio esperando que sea Kiya tan desesperada por saber lo que Colton me susurró que decidió faltar a clase, pero estoy completamente equivocada.

En cambio, hay tres pares de ojos sobre mí; uno de ellos llenos de ira.

—Abbigail —digo, lista para conseguir lo que sea que esté a punto de decir—. Kaitlyn.

Agrego cuando la veo parada detrás de Abbigail. Baja la mirada, evitando mis ojos. Supongo que se han trazado las líneas y soy la única de mi lado en este momento.

—Pasé para hacerte saber que lo que sea que creas que podría estar pasando con Colton, no es así —dice Abbigail con un gruñido.

Por un segundo quiero decirle que realmente no es asunto de ella, pero en lugar de eso, voy con la verdad.

—No hay nada entre Colton y yo.

—Tienes razón, no lo hay. —Ella se acerca a mí. Asumo en un intento de parecer amenazante o más intimidante. Ella es un par de pulgadas más alta que yo, y como estoy sentada, ella se eleva sobre mí. Apuesto a que le gusta sentirse poderosa.

Me obligo a dejar de poner los ojos en blanco.

—Acabo de decir eso.

—Entiende, cariño, que Colton es mío. Así que retrocede o te haré retroceder.

¿Suyo? En serio. Si él fuera suyo, ella no tendría que estar en mi cara, advirtiéndome que retroceda. Patético.

—Dos cosas, cariño. Primero, no me asustas. No me siento amenazada por ti. Al contrario, parece que tú te sientes amenazada por mí. En segundo lugar, no creo que Colton esté de acuerdo contigo. Él no es propiedad y no te pertenece.

—Deberías tener miedo. Puedo hacerte la vida muy difícil, cariño. Ya que acabas de llegar y es posible que no te des cuenta, te lo diré. Soy a quien siempre él regresa. Todos saben eso.

La rubia detrás de ella asiente con la cabeza, y miro a Kaitlyn, pero ella no revela nada.

—Ya que soy nueva aquí, tal vez pueda enseñarte algo sobre el respeto por ti misma. No seas la chica a la que siempre regresan. Sé la que nunca dejan.

Aparentemente irritada conmigo y con el hecho de que no voy a retroceder, coloca su mano derecha sobre la mesa y se inclina más cerca. Estoy muy consciente, lista para atacar si es necesario.

—Si sabe lo que es bueno para ti, retrocederás.

Cansada de sus insignificantes amenazas, me levanto de la mesa y agarro mis cosas. Le doy la espalda y siento que algo frío y húmedo golpea la parte de atrás de mi chaqueta.

—Ups —dice Abbigail inocentemente mientras me echa encima su café helado. Su amiga rubia, la que está al lado de Kaitlyn, se ríe mientras la bebida empapa mi chaqueta y mis pantalones.

—Lo siento *mucho* —agrega Abbigail en tono de disculpa.

—No te preocupes —le digo reflejando su misma sonrisa falsa. Dos pueden jugar a ese juego—. Iba a quitarme esto cuando Colton venga esta noche.

Las fosas nasales de Abby se ensanchan de repente. Oh, mierda. Sé que no debería haber dicho eso, pero se me acaba de salir. No pude evitarlo.

La boca de Abbigail se abre y se cierra varias veces, pero no sale nada. Detrás de ella, los ojos de la rubia parecen estar listos para saltar de su rostro, y creo que los de Kaitlyn están bailando de emoción. Raro.

Supongo que mis palabras callaron a Abbigail, ya que solo resopla y se aleja. Mientras se retira, la escucho murmurar la palabra perra. Me lo quito de encima porque sé que no es cierto.

Ella sale del comedor y el pánico me consume. Seguramente Kaitlyn le dirá a su hermano lo que le he insinuado. Uf, estoy tan jodida.

17

MIA

En el momento en que Kiya entra por la puerta, exige saber lo que Colton me susurró al oído.

—¿Fue algo sucio? ¿Te mordió la oreja? ¡Oh! ¿Fue algo tan sucio que no puedes soportar repetírmelo? —dice, arrinconándome en la cocina mientras termino de lavar los platos.

—¡Kiya, no! —digo, tratando desesperadamente de hacer que se detenga—. Simplemente dijo que haría lo mismo si lo dejaba.

Mi compañera de apartamento frunce el ceño.

—¿Hacer qué, exactamente?

Me encojo de hombros.

—No lo sé. Sin embargo, nunca creerás lo que pasó después de eso. —Le hablo de mi encuentro con Abbigail.

—¿Estás bromeando? —Kiya exclama mientras termino de contar la conversación. Nos trasladamos a la sala para organizarla un poco antes de que lleguen los chicos.

—No lo sé, parecían muy amigos en la fiesta. —Recuerdo el beso que habían compartido esa noche, el beso demasiado apasionado que hizo que me doliera el estómago.

—El chisme es que terminaron.

—¿Qué pasó? —pregunto, mi curiosidad se apodera de mí.

—Se puso un poco pegajosa, o eso dice Blake. —Mi compañera de apartamento toma algunos de sus abrigos del perchero y camina hacia su habitación.

—Probablemente todavía esté durmiendo con ella —grito mientras ella se retira. No quiero que ella confirme esto, pero quiero saber si es cierto. Probablemente le dijo que no tenían ningún compromiso. Él parece el tipo que no querría que nada ni nadie lo reprimiera.

—Él está interesado en otra persona —dice Kiya, sonriendo mientras regresa a la habitación.

Por supuesto que le gusta otra persona. Y aquí pensé que estaba interesado en mí.

—Él vendrá a verla hoy, en realidad —agrega, sin dejarme escapar de la conversación. Le tiro una almohada.

—¡Cállate! Pensé que hablabas en serio. —Le digo mientras recojo algunos envoltorios de bocadillos de la mesa de café frente al televisor.

—Hablo en serio, Mia. Colton se ofreció como voluntario para venir esta noche. —Ella mueve sus cejas hacia mí—. Y hoy más temprano, se sentó en nuestra mesa.

Sí, paso monumental que dio allí al sentarse con los plebeyos.

Pongo los ojos en blanco.

—Eso no significa nada —respondo.

—Sí que significa algo, sobre todo para aquellos que han estado adorando el suelo sobre el que camina.

—¿De verdad lo crees? —le pregunto porque quiero que diga que sí. Quiero que alguien más confirme lo que ya he estado sintiendo.

—Sí, eso creo. Colton nunca había hecho eso antes...

—¿Nunca se sentó en una mesa diferente? ¿Nunca salió con amigos y miró una película? Estoy bastante segura de que lo ha hecho antes. —Vuelvo a poner los ojos en blanco.

—Realmente no, siempre se queda con los muchachos de su equipo. Siempre. Su grupo nunca cambia y nunca permite nuevos miembros fuera de los nuevos jugadores.

—Abbigail está en él —no puedo evitar agregar.

—Sólo por Kaitlyn, Mia. Le gustas a Colton. Él nunca había sido así antes, nunca tuvo que invitarse a sí mismo a la casa de una chica. Literalmente está haciendo todo lo posible para pasar tiempo contigo. Todos pueden decirlo, créeme. ¿Por qué más crees que eres un problema en el radar de Abbigail?

Me encojo de hombros.

—Se sintió amenazada.

—¿Amenazada por mí? Si ese es el caso, está equivocada. Él no está interesado en mí. Tiene que haber alguien más —insisto en decirle lo contrario de lo que siento. Tal vez estoy tratando de convencerme de que no es posible que él esté interesado en mí.

—No, ella se siente amenazada por ti —dice Kiya inexpresivamente—. ¡Obviamente por ti, M! Tal vez haya alguien más, pero no debe gustarle tanto ya que vendrá aquí esta noche para pasar el rato contigo.

—Viene a pasar el rato con *nosotros*. Conmigo, tú y Blake.

—Oh por favor. Lo he visto Dios sabe cuántas veces en los últimos años, y apenas ha reconocido mi presencia. No creo que supiera mi nombre hasta después de su fiesta, y creo que solo lo supo gracias a ti. También vive con Blake, lo que significa que no tiene excusa para venir aquí y pasar el rato con él. Viene aquí por ti, M. No te consideraba del tipo ingenua.

—Lo que sea —digo, sin querer profundizar más. Ojalá pudiera estar de acuerdo con lo que dice Kiya, pero no puedo. No me atrevo a pensar que existe la posibilidad de que le guste.

—¿Pusiste las palomitas de maíz en el microondas? —pregunta Kiya.

—¿No traen comida?

—Sí, pero estamos viendo una película, así que necesitamos palomitas de maíz.

No soy fanática de las palomitas de maíz, no desde que trabajaba a tiempo parcial en el cine cuando estaba en el bachillerato.

—No las necesitamos.

—Mia, pon las malditas palomitas de maíz en el microondas.

—¿Estás tratando de impresionar a Blake, Kiya? Pareces nerviosa. —Canalizo a mi psicóloga interior—. ¿Quieres hablar acerca de ello?

—¿Estás tratando de impresionar a Colton? —ella replica.

—¿Qué te haría decir eso? —le pregunto mientras camino hacia la cocina.

—El hecho de que no estás usando tus característicos pantalones de Frozen para ver películas —la escucho gritar.

—Sólo los uso contigo, querida. Son mi vínculo especial con los pantalones Kiya. —No hay forma de que pueda usarlos con otras personas alrededor.

—Sí, sí. ¿Están reventando las palomitas de maíz? —pregunta mientras pongo dos bolsas de palomitas de maíz dentro del microondas.

Volviendo a la sala, la saludo.

—Sí, señora.

—¿Qué película estamos viendo?

—No lo sé. Algo con Channing Tatum— digo.

—¿Deberíamos obligar a los muchachos a ver *Magic Mike*?

—¡Sí! Esa es la mejor idea. Se lo merecen por invitarse a nuestra noche de chicas —la animo. Ya puedo imaginar la mirada incómoda y frustrante en sus caras cuando todas las bellezas comienzan a bailar y desnudarse.

Suena el timbre, el pequeño sonido reverbera durante unos segundos. Kiya corre para abrir la puerta mientras el microondas suena indicando que las palomitas de maíz están listas. En cambio, me dirijo a la cocina.

—Hola, nena —oigo decir a Blake.

—Hola —responde Kiya y puedo imaginar la sonrisa en el rostro de mi compañera de apartamento. —Hola, Colton.

—Ella está en la cocina. Sabes dónde está eso —dice un poco más fuerte para que yo la escuche. Ella piensa que es divertida.

—¿Necesitas ayuda? —Colton dice segundos después mientras saco las bolsas de palomitas de maíz. Las vacío en dos tazones.

—No, creo que estoy bien —le digo mientras agarro un cuenco con cada mano.

—Gracias por invitarnos —dice con una increíble sonrisa.

Yo le devuelvo la sonrisa.

—Te invitaste tú solo.

—Podrías haber dicho que no. Siempre puedes decir que no —dice y veo que la duda hace una breve aparición.

—No pensé que tuviera otra opción.

—Tú siempre tienes una opción.

Nuestra conversación parece estar tomando un giro serio. Me aclaro la garganta.

—Bueno, me alegro de que estés aquí. Kiya está feliz de pasar tiempo con Blake.

—¿Y tú?

—¿Qué hay de mí? —pregunto, sabiendo exactamente lo que quiere decir.

—¿Estás feliz de pasar tiempo con nosotros? ¿Conmigo? —Sus ojos me sostienen en mi lugar mientras espera mi respuesta.

Me sonrojo.

—Sí.

—¡Estamos comenzando la película! Vengan para acá —grita Kiya. Gritar se ha convertido en su especialidad, al parecer.

—Será mejor que entremos allí —dice Colton con una risa baja y casi me derrito. Toma un cuenco de mi mano, sus dedos rozan los míos en el proceso. Se me pone la piel de gallina por todo el cuerpo. Después de unos segundos, se aleja, dejando mis dedos hormigueando.

—Espera —le digo recordando que necesito contarle sobre mi interacción con Abbigail. Mierda, esto podría arruinar el resto de la noche, tal vez incluso arruinar lo que sea que haya entre nosotros. He pensado un millón de veces en cómo sacarlo a colación, o si debería sacarlo a colación, pero sé que tengo que hacerlo, alguien lo hará. Es hora de aclararlo. Respiro hondo.

—¿Qué pasa? —me pregunta.

—Después de que dejaste el comedor, Abbigail se me acercó... —Miro mis pies y empiezo a mover los dedos.

—¿Qué quería? —prácticamente gruñe.

—Ella sólo estaba marcando su territorio. —O tratando de hacerlo, de todos modos.

Puedo sentir su ira aumentando, pero no me atrevo a mirarlo.

—No soy su maldito territorio.

—Pensé que no te gustaría que te consideraran una propiedad y se lo dije. No pareces el tipo de hombre que pertenece a alguien.

—¿Ella te dijo algo? ¿Te hizo algo? —Puedo sentir sus ojos escaneando mi cuerpo. Supongo que está buscando encontrar marcas físicas o signos de una pelea de gatos.

—No. Ella quería que yo retrocediera. No parece del tipo que le guste ensuciarse y pelear.

—No tienes que escucharla.

—Sé que no, no es que ella tenga nada de qué preocuparse de todos modos. Pero dije algo...

Aquí viene.

—¿Qué dijiste?

—Ella, eh, dejó caer café en mi ropa a propósito. Y yo... le dije que estaba planeando quitármela cuando vinieras esta noche de todos modos, lo siento. —Finalmente, miro hacia arriba y encuentro sus hermosos ojos. Tienen un toque de diversión, no la nube de ira que esperaba.

—¿Por qué lo sientes? —me pregunta, sonriéndome.

—¿No es obvio? Creo que le di una idea equivocada.

—¿Estás diciendo que ella cree que hay algo entre nosotros? —dice, señalándome a mí y luego a sí mismo.

—Sí. —Miro hacia el suelo como si fuera la cosa más interesante del mundo.

—¿Y es eso lo que querías que pensara? —me pregunta, acortando la distancia entre nosotros. Usando su dedo índice, levanta mi barbilla, llevando mis ojos a los suyos una vez más.

—En el momento en que lo hice —lo admito.

—¿Y por qué es eso? —dice, sus ojos sosteniendo lo que solo puede describirse como deseo. La tensión en el aire se vuelve palpable.

—Porque... porque estaba molesta. Ella me amenazó.

—Okey.

—¿Okey? —No esperaba esa respuesta.

—Sí, está bien —dice, asintiendo.

—¿Estás bien con eso? Di a entender que tú y yo estábamos... juntos.

Él se encoge de hombros.

—Ella te arrinconó y tú te defendiste. Me gusta que te defendieras. No dejaste que ella te pisoteara. Además, no es como si hubieras mentido.

¿No lo hice? Pero si realmente no somos nada él y yo.

Estoy a punto de preguntarle qué quiere decir cuando la voz de Blake me interrumpe—: ¿Pueden ustedes dos dejar de hacer lo que sea que estén haciendo y entrar ya en la sala? —Blake grita—. ¡Las alitas se están enfriando y Kiya quiere comenzar esta película!

Colton y yo entramos en la sala y colocamos las palomitas de maíz en la mesa de café. Kiya y Blake comparten un sofá, lo que nos obliga a Colton y a mí a hacer lo mismo.

—¿Están listos para disfrutar de Channing Tatum? —pregunta Kiya y me uno a ella riendo.

—¿De verdad vamos a ver *Magic Mike*? —Blake se queja cuando Kiya elige la película de nuestra biblioteca y presiona reproducir.

—Elegiste entrometerte en la noche de chicas. Ahora debes afrontar las consecuencias.

Los chicos gruñen de desaprobación y comienza la película.

Hacemos comentarios secundarios, comemos alitas y palomitas de maíz por el resto de la noche. Colton se acerca a mí, luego comienza a dibujar círculos en mi muslo, mi muñeca y el costado de mi estómago con su dedo índice.

Y aparecen las mariposas y la piel de gallina.

Intento concentrarme en la película y en el hermoso cuerpo de Channing, pero es imposible cuando Colton me distrae con sus manos.

18

MIA

Zack deja su bolígrafo con un sonido audible.

—¿Tenemos que hacer la asignación? Es fin de semana. Las chicas, el alcohol y las fiestas están llamando mi nombre.

Estamos en la casa de los jugadores de futbol, escondidos en el sótano. Según Colton, es la única parte de la casa que aún no ha sido contaminada por los cerdos con los que vive.

—Sí, Zack. Tenemos que hacerla. Es lo último que tenemos que hacer antes de que venza el borrador del trabajo final —le digo, tratando de animarlo.

—No es como si hubieras estado presente para otra cosa —agrega Colton.

—No es como si te importara —responde Zack y al instante me sonrojo.

—Está bien chicos, cálmense. Ya tenemos la bibliografía y entrevistamos a los padres de Zack. Todo lo que tenemos que hacer es enviar un borrador antes de la parte final. —Los gemidos siguen a mi declaración y pongo los ojos en blanco.

—Lo dices como si fuera fácil —dice Zack.

—Ay, ¿tienes miedo de no ser lo suficientemente inteligente? —bromeo con la esperanza de motivarlo a hacer algo. Aunque Zack es un poco inestable, ahora entiendo por qué. Después de la semi-pelea con Colton sobre los padres de quién entrevistar, acordamos entrevistar a Zack. Se resistió un poco cuando le dijimos, pero como él era la parte ausente, no tuvo más remedio que cumplir. También ayudó que le dijéramos que se convertiría en el miembro horrible del grupo que nadie quiere porque no trabaja.

Durante la entrevista, descubrí que los padres de Zack son trabajadores de una fábrica que viven en Massachusetts. Han estado sobreviviendo. Zack fue una sorpresa para ellos, pero por la entrevista, me di cuenta de que lo adoraban por la forma en que hablaban de él. Puedo decir que él también los adora.

Nos dijeron que Zack va a visitarlos tan a menudo como puede y les ayuda económicamente trabajando a tiempo parcial en una tienda apilando los estantes. Zack estaba un poco avergonzado por esto, y si hubiera podido evitar que sus padres nos lo dijeran, podría haberlo hecho. Pero estaban demasiado orgullosos de él como para no compartirlo.

Odio decirlo, pero eso no era lo que esperaba. Me sirve bien por juzgarlo. Quiero decir que también es un jugador de fútbol engreído, pelirrojo, de un metro ochenta y dos. Demuestra que siempre hay más para alguien.

Cuando hablamos con sus padres sobre nuestro tema, parecían desconcertados. Simplemente no podían entender cómo un padre podía traicionar a su hijo de esa manera. Aman tanto a Zack y no pueden imaginarse lastimarlo. Sentí una punzada de celos; Ojalá yo tuviera eso.

—Sabes que soy lo suficientemente inteligente, nena.

—¿Podemos empezar ahora? —Colton interrumpe.

—Sí, señor. ¿Cómo quieres dividirlo? —pregunto ya que parece estar dando órdenes.

—Tenemos tres áreas principales de enfoque, ¿verdad?

—Sí, tenemos la primera parte donde discutimos lo que está pasando ahora, cuál es el problema y cuántas personas afecta —le digo.

—Tenemos la parte de 'por qué debería importarle', que se explica por sí misma —agrega Colton, retomando donde lo dejé.

—Sí, y también tenemos la sección '¿Cómo puedes ayudar?', Que es la solución, el objetivo de este documento —explico.

—Bien, ¿entonces la última parte es básicamente el propósito de todo el trabajo?

—Sí, eso es lo que acabo de decir, Zack. Para alguien que dice ser inteligente, te estás quedando atrás.

—Sólo lo estaba confirmando, cariño.

—Pregunta en cuestión —vuelve a interrumpir Colton.

—Sí, señor —responde Zack con una sonrisa.

Colton dice algo en voz baja, pero fue tan bajo que no lo escucho. Continúa—: Elija cada uno una sección y describa cada punto dentro de ella. Luego, rotaremos para que podamos revisar la parte del otro y asegurarnos de que no nos perdamos nada. ¿Eso es bueno?

—Tú eres el jefe —lo saluda Zack.

—Haciéndote cargo, ya veo —agrego, incapaz de evitar agregar leña al fuego. Jugar con Colton es divertido.

—Yo siempre me hago cargo —él responde con una voz firme y sexy, y se siente como si las tornas se hubieran cambiado. Ahora soy yo la que está en el lugar y puedo sentir el sonrojo arrastrándose.

—¿Debo salir de la habitación? —Zack se burla, sin querer salvándome de tener que responder.

—Quédate en la habitación por ahora —responde Colton—. Te avisaré cuando estemos listos para que salgas.

Le lanza a Zack una sonrisa arrogante.

Le doy un golpe en el hombro, aunque quiero darle un puñetazo por insinuar que necesitaríamos una habitación.

—Si alguna vez quieres compartir, avísame —agrega Zack, y siento que soy invisible de nuevo. Toda una conversación sobre mí teniendo lugar, y no soy parte de ella.

—Joder, no. No comparto lo que es mío —gruñe Colton. Es una reacción de cavernícola y me hace querer ser suya.

—Tomaré la parte tres —digo, desviando toda la conversación.

—Está bien, haré la primera parte. Zack, deberías hacer la segunda parte. No será difícil decirle a la gente por qué deberían preocuparse por la trata de niños con fines sexuales.

—Lo haré —dice Zack, marcando el final de nuestra discusión. Todos agarramos nuestras computadoras y nos ponemos a trabajar.

—ESO FUE PRODUCTIVO —LE DIGO A COLTON MIENTRAS ME lleva a casa. Esto se ha vuelto bastante normal: yo sentada en el asiento del pasajero del automóvil de Colton, con música de fondo. Dos veces por semana, nos reunimos para trabajar en el trabajo final. Colton insiste en venir por mí y traerme, además de recogerme para tomar un café todas las mañanas. Esta noche, el sonido de las gotas de lluvia chocando en el parabrisas acompaña los sonidos de la música.

—Lo fue. Ya casi hemos terminado.

—Sí, solo queda la parte de escritura.

—Y la presentación.

—Si, eso. Como podría olvidarlo. —Me estremezco al pensar en estar frente a todos.

Sigue conduciendo y caemos en un cómodo silencio. Cómoda; así es como me siento cuando estoy con él.

—Te lo dije, no tienes que traerme cada vez —digo rompiendo el silencio—. Tampoco tienes que recogerme. Tengo piernas y me vendría bien el ejercicio.

—Primero, está lloviendo. En segundo lugar, tus piernas son perfectas tal como son. Créeme. —dice, y le doy un golpe en el hombro juguetonamente.

—Tercero —agrega, sus ojos se conectan brevemente con los míos antes de regresar a la carretera—. Iré por ti y te traeré a tu casa cuando yo quiera.

—No lo creo, y relájate con toda esa actitud de cavernícola. —Me río de su ridícula declaración, pero por dentro, me derrito por lo posesivo que puede ser.

—Además, vas a venir a mi casa. Cuando haces eso, tiene sentido que vaya por ti y te traiga de regreso —dice.

—He ofrecido el apartamento. —Y lo he hecho, pero él no acepta a menudo.

—Estudiamos en tu casa, pero cuando Zack está con nosotros, prefiero que lo hagamos en la mía.

—Eso no tiene sentido.

—Tiene sentido para mí. Zack no necesita tener ideas.

¿Alguna idea sobre qué? Me pregunto. Tal vez que Zack venga a mi casa podría hacerle pensar que hay algo entre Colton y yo. Colton no querría eso.

—Está bien —digo, ignorando las grietas que siento aparecer en mi corazón.

—No he terminado.

—Eso fueron tres razones.

—¿A quién le importa? Tengo más.

Me río de su entusiasmo por hablar. Inicialmente, lo había catalogado como un hombre de pocas palabras.

—Está bien, continúa.

—No es seguro para ti caminar sola tan tarde por la noche. Me gusta saber que estás a salvo.

—Puedo enviarte un mensaje de texto cuando llegue a casa.

—Me preocuparía mientras espero. De esta forma es mejor. Puedo presenciarlo.

—Puedo arreglármelas, Colton. No es tu trabajo protegerme.

—Puede que no sea mi trabajo, pero lo haré de todos modos.

Pongo los ojos en blanco.

—Sabes que después de que se envíe esta asignación, seguiré caminando a los lugares. Y tendré que ser responsable de mi propia seguridad y protección. —Lo digo como si nada, como si esperara que nos separemos. Pero solo pensar en eso hace que me duela el pecho. He estado viviendo en una burbuja y sé que muy pronto tendré que salir de ella.

—Vaya, ¿estás diciendo que solo estás conmigo para este proyecto? Pensé que éramos más que una asignación forzada —él se burla, y aunque sé que está siendo muy dramático, me alivia que no esté pensando en descartarme en el momento en que esta asignación esté fuera de nuestras manos.

—Pensé que te cansarías de mí y querrías una salida. Pensé que estabas esperando tu momento.

—No has sido una mala compañía, Mia. No creo que pueda cansarme de ti.

—Puedo decir lo mismo de ti.

—Entonces, de vuelta a mi punto. No quiero que camines sola por la noche. Lo permitiré durante el día si es necesario, pero en cualquier otro momento, simplemente llámame. Estoy a solo una llamada de distancia.

—¿Me permitirás? Muy divertido. ¿Y qué, vendrás corriendo en mi ayuda? ¿Mi caballero de brillante armadura?

—No eres una damisela en apuros, pero no me quejaré de que me consideres tu caballero. —Sonrío porque ha sido como mi caballero. Ha estado pasando todo su tiempo libre conmigo. Siempre se preocupa, roba toques y miradas siempre que puede. No puedo evitar pensar que tal vez Kiya tiene razón. Tal vez Colton se preocupa por mí como más que un amigo, se preocupa por mí de la forma en que yo me preocupo por él.

—Gracias por el aventón. Supongo que aprecio no caminar bajo la lluvia —digo en el momento en que el carro se detiene en el camino de entrada.

—Como si alguna vez te hubiera dejado hacer eso —agrega mientras su mano gira la llave en el encendido, apagando el motor. Ambos nos sentamos en silencio, ninguno de los dos hace un movimiento ni dice nada. Supongo que soy yo quien se supone que debe moverse, pero no quiero. Entonces, me siento y escucho la lluvia.

—Será mejor que me vaya —eventualmente digo, quitándome el cinturón de seguridad.

—Espera —dice, y creo que me va a pedir que me quede o que diga algo. En cambio, se quita el cinturón de seguridad, abre la puerta y se acerca a mi lado del carro, abriendo la puerta.

—Sabes que no tenías que abrir la puerta. Lo entiendo. Tienes modales, pero está lloviendo. ¡Te estás mojando!

Colton se ríe.

—Creo que solo tú puedes hacer eso. —Ante sus palabras, me consume la vergüenza. No puedo creer que haya ido allí. Si no fuera por la lluvia fría que cae sobre nosotros, probablemente podría sentir el calor que emana de mi cuerpo.

Me acompaña a mi puerta, donde estamos en el último escalón mirándonos el uno al otro.

Levanta la mano derecha para mover un mechón de cabello húmedo que se ha pegado a mi frente y lo coloca detrás de mi oreja.

De repente, la lluvia, que venía cayendo levemente, comienza a acelerarse. Cierro los ojos perdiéndome en el sonido, la sensación del agua fría y la paz que se esparce por mi cuerpo.

Siento que Colton se acerca y abro los ojos para encontrarlo a escasos centímetros de distancia. Respiro profundamente mientras toma mi rostro, acercándonos aún más. En cuestión de segundos, sus labios tocan los míos y mis ojos se cierran una vez más. Sus labios continúan su exploración, suavemente al principio, y luego con firmeza inquebrantable. Siento que me caigo, no solo físicamente, sino también emocionalmente.

Abro para él y su lengua se abre camino dentro de mi boca. Sus manos se mueven de mi cara a mi espalda baja mientras me jala hacia él, cerrando el espacio que quedaba entre nosotros. Me empuja contra la puerta de entrada mientras profundiza el beso. Una de sus manos permanece en mi cadera, mientras que la otra viaja a lo largo de mi costado y se posa en el costado de mi cuello. Aprieta nuestros labios más juntos, sosteniéndome como si yo fuera su salvavidas.

Mi pierna derecha se mueve por su propia voluntad, subiendo hacia las caderas de Colton, desesperada por fricción. La mano que estaba en mi cadera se mueve, apoyando mi pierna mientras presiona contra mí.

Ningún pensamiento o sueño podría acercarse a lo que se siente tener los labios de Colton en los míos, que me bese así. Ningún beso que haya experimentado jamás ha hecho que mi corazón lata más rápido.

Un suave gemido se escapa de mis labios y Colton gruñe en respuesta. Finalmente salimos a tomar aire y, aunque respira bien, preferiría tener sus labios sobre los míos.

—Eso fue… — Colton se detiene a mitad de la frase y yo asiento con la cabeza. No hay palabras que puedan describir la electricidad que sentí en el momento en que nuestros labios se tocaron.

—¿Quieres entrar? —No quiero que se vaya, todavía no. Ya lo probé y ahora necesito más.

—No creo que sea una buena idea —él responde, y el sentimiento de rechazo se apodera de mí. ¿Cómo pudo besarme así y luego rechazarme tan fácilmente? Tal vez se arrepienta del beso, y ahora me he puesto en ridículo al mostrarle inadvertidamente lo mucho que me gustó. Yo aparto la mirada.

—Mia. —Él levanta mi barbilla con su dedo y dirige su mirada penetrante hacia mí. —Quiero entrar, pero no creo que pudiera detenerme si lo hiciera. Te mereces más —dice, pero todo lo que puedo pensar es si me está diciendo que es incapaz de darme más, no que yo le haya pedido que lo haga.

—Entonces, te recogeré a las siete y media mañana por la noche —dice.

—¿Por qué? —pregunto.

—Porque te voy a dar más. —Estoy un poco confundida. Probablemente sea porque me besó tontamente—. Mañana tú y yo vamos a salir.

—¿Salir?

Él sonríe y niega con la cabeza.

—En una cita, Mia.

¿Quiere llevarme a una cita?

—Te veré mañana —dice, sin esperar a que yo esté de acuerdo. Bueno, supongo que es bueno que nunca haya preguntado, solo dijo. Sus labios chocan con los míos una vez más y estoy cautivada por él, consumida por la suavidad de sus labios y la fuerza de su beso.

Se aparta de nuevo, se muerde el labio y regresa a su carro. Me despido, abro la puerta y entro en la casa. Mi mente se acelera, tratando de encontrarle sentido a esta noche. Cierro la puerta, camino hacia la ventana, veo el carro de Colton salir de mi camino de entrada y desaparecer de la vista.

Llevo mi dedo índice a mis labios, sintiendo lo hinchados que están, queriendo dedicar esta noche a la memoria, no que yo pueda olvidar nunca. Empiezo a contar las horas hasta que su carro reaparezca en mi camino de entrada y lo pueda ver una vez más.

19

COLTON

Mi teléfono suena en mi bolsillo mientras me subo al carro para ir a recoger a Mia. Ella me deja salir con ella en una cita real esta noche. No es que nuestro café y nuestras citas de estudio no sean geniales, pero quiero más tiempo con ella. Solo Mia y yo, sin asignación y sin Zack. Quiero más tiempo para concentrarme en sus ojos almendrados, en su perfecta sonrisa, en la forma en que se sonroja cuando la miro.

Mi teléfono suena de nuevo. Miro el identificador de llamadas e inmediatamente me consume la rabia.

—¿Qué quieres? —escupo.

—Bueno, cariño, esa no es la manera de saludar a tu madre.

Correcto, madre, pienso con amargura. Como si se hubiera ganado ese derecho.

—¿Qué quieres, Adaline?

—Oh, cariño, cambiaría mi tono si fuera tú —dice amenazadoramente.

Suspiro, resignado a mi puesto.

—¿Necesitas algo? —pregunto, cambiando mi tono a algo más neutral.

—Sí, esta noche voy a organizar una cena familiar. Espero que tú y los demás estén aquí a las ocho. No llegues tarde.

Debió haberse dado cuenta de que su farsa no se mantendría, que su imagen como la madre perfecta se vería manchada si no organizaba cenas obligatorias. De hecho, podría despertar a mi padre y hacer que se pregunte por qué sus hijos nunca vienen a la casa. No es que vivamos a horas de distancia; es sólo un viaje de quince minutos.

—Tengo planes.

—Claro que sí, venir a la cena familiar.

No reprimo el gruñido.

—Eso no es lo que quise decir.

—Llama a los demás. Te veré luego. ¿Y Colton? —dice—. No llegues tarde.

Golpeo el volante con la mano. En dos minutos, mi madre ha conseguido arruinarlo todo. Salgo de mi carro, cierro la puerta detrás de mí y camino de regreso a la casa. Busco la mesa de café más cercana y la golpeo contra la pared. Desearía que mis puños se conectaran con ella, pero no puedo. Mirar la mesa es una gran distracción de la ira que se está gestando dentro de mí.

Agarro mi teléfono y le envío a Mia un mensaje rápido, diciéndole que no puedo ir. Llamo a Kaitlyn y le hago saber que nos han convocado. Luego, corro escaleras arriba a la habitación de Nick y le digo lo mismo. La reacción de Nick y Kaitlyn, contraria a la mía, es de emoción. Están felices de pasar tiempo en familia. Tomarán las migajas que les den nuestros padres.

La idea de una cena familiar les suena genial, y me parece que es el corredor de la muerte. Es curioso cómo la mayoría de los padres estarían encantados de que sus hijos quisieran pasar tiempo con ellos, mientras que los míos están demasiado distraídos, demasiado ocupados, demasiado infieles para que les importe.

Todavía estoy tentado de golpear la pared, pero decido no hacerlo. Tengo dos tiros en total libertad y uno de ellos requiere que tenga un brazo de lanzamiento decente. Eso incluye mi capacidad para sostener el balón con la mano. En cambio, tomo una cerveza de la cocina y me la bebo de un trago. Espero que ayude a encoger el nudo que se ha alojado en mi garganta, pero sé que no será así. Esto es algo que no desaparecerá hasta que se revele la verdad.

Con Mia, olvido que llevo esta carga, pero el sentimiento vuelve cuando no estoy con ella. Parece que, en algún momento, el peso inevitablemente me aplastará.

Nick y yo llegamos al camino de entrada de nuestros padres unos minutos más tarde, los recuerdos de ese día regresaron como si los estuvieran persiguiendo. Rara vez he entrado en esta casa desde entonces. No he querido, no he necesitado, pero aquí estoy.

Kaitlyn se detiene a nuestro lado mientras apago el carro. Salgo, queriendo terminar con esto. Todo lo que tengo que hacer es jugar un papel, pretender ser una familia el tiempo suficiente para sobrevivir a la cena.

MIA

Salgo de la ducha y entro en mi habitación. Mi ropa, que me tomó dos horas elegir, está colocada sobre la cama. He tenido esta estúpida sonrisa plasmada en mi rostro desde que Colton me pidió una cita. ¡Una cita real! Razón por la cual estoy escuchando música y dando vueltas como una princesa que acaba de encontrar a su príncipe. En serio, las imágenes más cursis, pero describen exactamente cómo me siento en este mismo momento.

Estoy sacudiendo mi trasero con la música más alegre que pude encontrar. He hecho todo lo posible para esta cita: el cabello pronto estará arreglado, las uñas arregladas, todo listo. Sentí que la ocasión lo requería. Un mensaje de texto entrante interrumpe mi música. Dejo la pinza y me muevo hacia mi mesita de noche. El nombre de Colton está en la pantalla y desbloqueo el teléfono para abrir el mensaje, emocionada por leerlo.

Colton: No puedo ir.

Colton: ¿Lo posponemos?

Eso es todo lo que dice: cinco palabras que instantáneamente me ponen de mal humor. Apago la pinza, guardo mi ropa y cambio la canción. Ya no me siento elegante, solo me pongo de pie.

—Esto requiere otra cita con Channing Tatum —no le digo en voz alta a nadie. Me pongo mis pantalones de Frozen y una camiseta, lista para estar lo más cómoda posible. Kiya y Blake están fuera esta noche, lo que probablemente significa que ella no volverá a la casa.

Mierda. Ha pasado un tiempo desde que pasé un sábado por la noche sola en mi apartamento. He pasado los últimos Dios sabe cuántos sábados saliendo con Kiya o Colton o con ambos. Incluso Zack y Blake a veces se vuelven parte del grupo. Es una locura cuánto han cambiado las cosas en los últimos meses. Los sábados por la noche solo viendo la televisión solían ser mi refugio, algo que esperaba con ansias al final de una semana agitada. Pero ahora espero algo completamente diferente.

Mientras me siento en el sofá, acomodándome para una noche para mí, puedo ver cuánto de mí ya le he dado a Colton, a pesar de mis intentos de contenerme. Él consume mis pensamientos desde el momento en que me despierto hasta que me voy a dormir. Me sirve bien. Me canceló treinta minutos antes de que se suponía que debía recogerme como si nada. Supongo que no significa tanto para él como para mí.

Él dijo que lo pospondríamos.

Digo de vuelta a la realidad.

20

—¿Cómo te ha ido en la escuela? —pregunta mi padre, sin tener ni idea de lo que ha estado pasando en nuestras vidas. Nick y Kaitlyn comienzan a contarle sobre sus clases. Kaitlyn cree que uno de sus profesores la odia. Ella se queja y se queja de su fraternidad y de cómo algunas de sus hermanas son mezquinas. Nick bromea sobre ir a demasiadas fiestas y elegir chicas. Al menos papá cree que está bromeando. Sé que no lo está.

—Eso es maravilloso, cariño —dice Adaline en un tono que se escucha bien falso después de que Nick y Kaitlyn terminan de actualizarlos sobre sus vidas.

Un sonido gutural se escapa de mi boca sin que yo pueda controlarlo. Agarro la cerveza que he estado bebiendo desde que comenzó esta cena y la termino de un trago. No es suficiente para salir ileso de esta farsa, pero es lo que tengo. Sin embargo, no puedo beber nada más. Necesito poder salir de aquí si es necesario.

—¿Todo bien, Colt? —pregunta mi papá. Supongo que finalmente ha notado mi malestar.

—Él está bien. Simplemente tan gruñón como de costumbre—responde mi madre antes de que pueda.

—Tú lo sabrías —murmuro en voz baja.

—¿Qué fue eso? —vuelve a preguntar mi papá, despistado como siempre.

—Ignóralo —me interrumpe Adaline. Supongo que tiene miedo de lo que pueda decir. Ella debería tenerlo.

—De todos modos —dice Kaitlyn, sintiendo el cambio de humor. La tensión es tan espesa que puedes cortarla con un cuchillo.

—¡Papá, se acerca tu cumpleaños! Te estás haciendo viejo —salta mi hermano después de Kaitlyn.

—Mejoro con la edad —responde papá, y me siento mal por él.

—Guapo como siempre —agrega Adaline.

—A la mierda con esto —digo, empujando la silla y enviándola a raspar por el suelo.

—¿Colt, a dónde vas? —pregunta mi papá, y lo compadezco. Su nariz está tan concentrada en el trabajo que se olvida de mirar a su alrededor y ver lo que tiene delante de la cara. No respondo, alejándome de ellos.

—¡Colton Hunter, vuelve a sentarte! —Adaline chilla como una niña patética que pisa fuerte cuando no consigue lo que quiere.

Furioso, ignoro su orden y me dirijo hacia la sala, desesperado por salir y dejar este lugar. Si no vuelvo nunca, será demasiado pronto.

—¡Vuelve aquí antes de que te arrepientas!

—¡Me arrepiento todos los días! —grito en respuesta, volviéndome hacia ella—. ¿*Tú* te arrepientes?

Mi padre me sigue hasta la sala.

—¿Qué quieres decir?

Veo a Kaitlyn y Nick de pie, confusión visible en sus rostros. No saben por qué estoy actuando así, y si lo supieran, lo entenderían. No solo eso, sino que también saldrían corriendo de aquí.

—Nada —dice Adaline, de pie junto a mi padre y entrelazando sus dedos con los de él.

—Sí, por favor. Continúe y haga lo que ha estado haciendo durante los últimos años. ¡Ignora lo que tienes delante! —le grito en respuesta, y aunque siento lástima por mi padre, también lo culpo. Debería haberle prestado más atención.

—¡Colton Hunter! —mi madre grita, como si el nivel de su voz pudiera hacerme cambiar de opinión. Me he quedado callado el tiempo suficiente y, aunque sé que no puedo decir lo que quiero decir, tampoco me sentaré aquí y fingiré ser la familia perfecta.

Salgo de allí, me subo a mi carro y salgo a toda velocidad. Mi sangre está hirviendo. Estoy tan enojado que puedo ver el rojo. Sin darme cuenta, detengo mi carro fuera de la casa de Mia, mi mente me dice que tengo que estar con ella. De alguna manera, ella se ha convertido en mi destino final, la única persona que puede ayudarme a lidiar con esto.

Estaciono en la acera, mirando hacia la ventana iluminada de la sala de Mia. Aunque no puedo verla así; Todavía estoy tan jodidamente enojado. Ella se merece algo mejor, mucho mejor. Sé que es demasiado buena para mí, pero soy demasiado egoísta para dejarla ir.

Miro a mi alrededor y veo un bar cerca. Un trago lo aliviará. Un trago para calmar la ira. Un trago y luego puedo ver a Mia.

Mi Mia.

MIA

Un fuerte golpe me despierta y casi me caigo del sofá. Realmente necesito dejar de quedarme dormida en la sala. Me levanto vacilante y me dirijo a la puerta. Probablemente Kiya haya olvidado sus llaves.

La abro y me encuentro con Colton mirándome.

—Tienes que preguntar quién es antes de abrir la puerta —dice, arrastrando las palabras. Puedo oler el Jack en su aliento, y los recuerdos que trae no son agradables.

Me cruzo de brazos.

—Hola, qué gusto verte. —¿Quién diablos se cree que es presentándose en mi puerta borracho después de cancelar nuestra cita y tratar de decirme qué hacer?

—Hablo en serio, Mia. ¿Y si hubiera sido un ladrón o alguien peor? —dice con severidad.

—No fue así, así que no hay problema. —Inflo mi pecho y mantengo el contacto visual, desafiándolo a que diga algo más. Debería ser yo la que esté molesta con él. No fui yo quien abandonó esta noche. Él fue. Si alguien debería hacer preguntas, debería ser yo.

—Podría haber sido.

—Sí, Colton. Podría haber sido, pero no fue así. —Suspiro y lentamente comienzo a cerrar la puerta. No puedo lidiar con un Colton borracho en este momento. Después de esta noche, ni siquiera sé si me gustaría tratar con un Colton sobrio.

—Espera, ¿qué estás haciendo? —él sostiene la puerta, evitando que se la cierre en la cara.

—Me voy a la cama, estás borracho, estoy molesta. No creo que tengamos la mejor conversación en este momento. —Intento cerrar la puerta de nuevo, pero su brazo no cede.

—Lamento haber cancelado nuestra cita en el último minuto —dice, con la mirada fija en mi lugar.

—Yo no sé si lo estoy —respondo y lo digo en serio. Me he acercado demasiado al fuego y es probable que hoy haya sido una advertencia de que debería retroceder antes de quemarme.

—¿Qué quieres decir?

—Quiero decir, prefiero tener esta conversación cuando estés sobrio.

—No me dejes fuera, Mia. Por favor, déjame entrar —me ruega y el problema es que ya lo hice. Me mira suplicante y me alejo de la puerta, dirigiéndome al sofá de nuevo.

—¿Estás viendo *Magic Mike* de nuevo?

—Me hizo compañía esta noche, mientras que alguien con quien se suponía que debía salir, y me dejó plantada en el último minuto. —Lo miro con sospecha—. Y aparentemente festejaron en otro lugar

Sé que mi tono es acusatorio, pero no puedo evitarlo.

—Ese tipo suena como un idiota —dice con una pequeña sonrisa.

Lo mantengo breve e ignoro el efecto que su sonrisa tiene en mí.

—Sí.

—Él lo siente mucho.

—¿Siente que me haya invitado a salir? ¿Siente que me dejó plantada? ¿Por qué estás aquí de todos modos? —Expongo todas mis preguntas a la vez. Terminemos con esto.

—No lamento haberte invitado a salir, créeme. Preferiría haber estado contigo que donde estaba. Y estoy aquí porque tuve que lidiar con una mierda, y tú eras la única persona a la que quería ver, la única persona con la que quería hablar.

Sus palabras comienzan a derretir la pared que había estado construyendo durante las últimas horas.

—¿La mierda con la que tuviste que lidiar implicaba estar borracho?

—Yo... Mierda, esto se ve mal, pero necesitaba algo para adormecerme... antes... antes de venir a verte.

Ay.

No tengo cara de póquer, por lo que Colton debe ver cómo me siento y agrega—: Quería estar menos enojado cuando apareciera en tu casa.

—¿Estás enojado conmigo?

—Nunca. Estoy enojado con todos los demás. —Se sienta a mi lado en el sofá, nuestras piernas presionadas una contra la otra, sin dejar espacio entre nosotros. Puedo sentir que quiere hablar conmigo, pero no lo presiono. Sé que compartirá conmigo cuando esté listo.

—Estuve en casa de mis padres esta noche —dice, quitándose los zapatos. Se acuesta de espaldas y coloca la cabeza en mi regazo, volviendo a la misma posición que la última vez que hablamos de padres.

Instintivamente, empiezo a jugar con su cabello.

—Me estaba preparando para pasar por ti cuando Adaline llamó.

—¿Adaline? —pregunto, sintiéndome curiosa y celosa.

—Mi madre —él responde. El tono en que ha dicho esa palabra me pone los pelos de punta, como si le doliera llamarla así. Lo miro, viendo la tensión en su mandíbula. Acaricio su rostro y veo sus ojos cerrarse y luego abrir una vez más.

—Llamó para una cena familiar de última hora y no pude decir que no.

—Eso tiene sentido. Le conviene aprovechar el tiempo que pasa con su familia. Veo por qué sentirías que no puedes decir que no.

—No —dice con fuerza—. Yo no quería ir. Yo nunca quiero ir, menos cuando ya tenía planes contigo. Pero no podía decir que no.

—Está bien —me pregunto por qué siente que no puede decir que no.

—¿Puedo confiar en ti?

Puedo escuchar la vulnerabilidad en su voz. Veo sus ojos buscando una respuesta en los míos.

—Sí —le digo en voz baja, confirmando lo que ya sabe. Si pensara que no podía confiar en mí, no habría dicho nada—. Pero no es necesario. No tienes que decirme nada que...

—Quiero. Necesito —dice, interrumpiéndome. Verlo acostado en mi regazo así, pidiéndome que lo escuche, me muestra un lado completamente diferente de él, uno que sabía que estaba debajo de la superficie, pero muchos no llegan a verlo. Es difícil para él, pero está tratando de dejarme entrar, tratando de dejar que lo ayude, y no quiero nada más que ayudar a alejar las sombras que nublan sus ojos. Y aunque todavía son hermosos, sé que contienen dolor. Mucho dolor. Porque conozco esa mirada. Es el mismo aspecto que tengo a veces, pero trabajo tan duro para ocultarlo.

Toma un suspiro gigante.

—Encontré a mi madre teniendo sexo con otro hombre —dice, escupiendo las palabras lo más rápido que puede.

—Lo siento... — No termino la oración porque él no necesita ni quiere mi lástima. Todo lo que quiere es alguien con quien hablar, alguien que no lo juzgue—. ¿Le dijiste a alguien?

—Sí, a ti —dice, y de inmediato me doy cuenta del peso que ha estado cargando y lo fuerte que es para llevarlo solo. La fuerza física que tiene se desvanece en comparación. Sigo jugando con su cabello, tratando de consolarlo. Intento darle toda la fuerza que pueda, lo que necesite.

—¿Ella lo sabe?

—Claro que lo sabe —dice con amargura. Su enojo está regresando, y sé que esta conversación mató la embriaguez con la que entró. Sus palabras son coherentes y sus ojos más claros.

—Ella no solo lo sabe, sino que no me deja contárselo a nadie —él agrega.

—¿Cómo puede detenerte?

—Ella es una... dijo que Nick y Kaitlyn no son los hijos biológicos de mi padre.

Si tuviera un vaso en la mano, se habría caído y roto.

—Ella me dijo que, si decía algo, se lo diría a papá y él los echaría. No puedo hacerle eso a Nick y Kaitlyn. Ya han sufrido bastante por tener una madre de mierda y un padre que siempre está demasiado ocupado. Si papá se entera, podría dejar de pagarles la educación. No se graduarán, no terminarán sus estudios y probablemente se saldrán de control, más de lo que ya lo han hecho. Simplemente no puedo hacerlos pasar por esto —dice.

Siento un dolor en mi pecho. Su dolor de alguna manera se ha convertido en el mío y mi corazón se rompe por él.

—¿Crees que ella está diciendo la verdad? —pregunto, esperando que ella pueda estar mintiendo. Sé un par de cosas sobre padres horribles, pero cómo una madre puede amenazar a su propio hijo con arruinar la vida de sus otros hijos simplemente no cabe en mi cabeza.

—No lo sé, pero es demasiado arriesgado llamar su mentira.

—Eres... increíble —le digo, expresando mis pensamientos.

—No es cierto.

—Sí, lo eres.

—No, Mia. Soy un cobarde.

—Estás cuidando a tu hermano y hermana. Tienen suerte de tenerte.

Pone los ojos en blanco descartando mi comentario. No puedo creer que no se dé cuenta de la fuerza que se necesita para proteger a todos los demás de las balas mientras recibe los impactos.

—Entonces, Adaline llamó hoy y nos convocó a todos para cenar. Ella trató de que nos comportáramos como una familia feliz, y yo no pude hacerlo —él continúa.

—¿Les dijiste? —Tal vez por eso apareció luciendo tan diferente al Colton armado que todos vemos.

—Casi lo hice, pero en cambio me fui como el cobarde que soy —dice de nuevo, y sé que lo cree.

—No lo eres —insisto, sabiendo que está cayendo en oídos sordos.

—Entonces, manejé y manejé y terminé afuera de tu apartamento. Caminé hasta un bar y tomé unas copas y luego volví contigo. Porque me das fuerza —dice, agarrando la mano que yo estaba usando para jugar con su cabello y llevándola a sus labios. Besa lentamente cada dedo, y sé que es su manera de agradecerme por escuchar.

—Colton —le digo, tratando de traerlo de vuelta. Sé que se siente expuesto después de hablar conmigo. Sé que quiere una distracción.

—¿Mmm? —dice entre besos.

—Colton.

Se levanta y captura mis labios en un beso. Quiero devolverlo, pero sé que no debería, no ahora mismo.

—Por favor —susurra, sintiendo mi vacilación. La vulnerabilidad en sus ojos me hace tambalear y le devuelvo el beso con fervor. Nuestros labios se devoran unos a otros. Lo pongo todo en el beso, con la esperanza de poder demostrarle que estoy aquí para él. Lo beso con la esperanza de que dos personas que han sido destrozadas por la vida puedan ayudar a recuperarse.

Pasamos el resto de la noche tumbados en el sofá, mirando películas y besándonos. Ninguno de los dos dice nada más. Hemos dicho suficiente por una noche.

21

—Es aburrido —digo, abriendo la puerta principal. Colton y yo acabamos de regresar a mi casa después de jugar al minigolf. Le dije la semana pasada que nunca había ido a jugar al golf y él estaba consternado. Y, como todavía es invierno, tuvimos que conformarnos con la versión para niños.

—Me estás rompiendo el corazón, Mia.

—Lo superarás.

—No lo sé. Este podría ser nuestro fin.

—Hmm, ¿hemos empezado siquiera? —pregunto, deján- donos entrar a mi habitación. Decidimos que la sala no era el lugar adecuado para nosotros después de que Kiya nos sorprendió dormidos y abrazándonos una vez más. Creo que Kiya tiene suficiente evidencia fotográfica ahora para extorsionarnos en algún momento. Entonces, compré un televisor y lo puse en mi habitación, y ahí es donde Colton y yo tenemos nuestros maratones de películas... bueno, donde pretendemos ver películas.

—Sabes que hemos comenzado —dice, besándome y mordiendo mi labio inferior. Le devuelvo el beso, tan increíblemente feliz que puedo hacer esto cuando quiero. Desde ese primer beso, no hemos podido detenernos.

El beso se vuelve más apasionado, más intenso. Colton me levanta y se sienta en mi cama, así que me siento a horcajadas sobre él. Me besa como si se estuviera muriendo de sed. Una de sus manos está enterrada en mi cabello, mientras que la otra se mueve por todo mi cuerpo, sintiéndome sobre mi ropa. Su lengua baila dentro de mi boca y coincido con cada uno de sus movimientos. Su respiración se vuelve pesada, errática y la fricción que estamos creando hace que se me escape un gemido. Apartando sus labios de los míos, mueve sus manos de mi cabello a mi camiseta. Con un movimiento rápido, me la quita y la lanza al otro lado de la habitación. Sus labios están de vuelta sobre mí en un tiempo récord, sus manos desatan mi sostén con pericia.

Siento cuando me lo quita, y él cambia nuestras posiciones para que mi espalda esté hacia la cama y él esté acostado encima de mí. Ahí es cuando las banderas rojas comienzan a ondear.

—Colton —digo, rompiendo el beso y tocando su brazo para detener sus movimientos.

—¿Sí? —dice, sus ojos vidriosos por la lujuria. Se inclina para besarme de nuevo, pero levanto la palma de mi mano, creando una barrera entre nosotros.

—Colton, creo que deberíamos parar —repito—. No me voy a acostar contigo.

Inmediatamente rueda hacia un lado de la cama, liberándome de debajo de él.

—Mierda, lo siento —dice, frotándose la cara con la mano.

Me siento, extrañando la sensación de su cuerpo sobre el mío.

—No es que no quiera —digo, tratando de explicar.

—Entiendo, Mia. Es demasiado pronto —dice, acariciando mi costado con la mano.

Respiro hondo. —Colton, yo...

—No necesitas explicar. Lamento haberte presionado.

—No me presionaste, créeme. Yo quería. Yo quiero. Solo quiero que mi primera vez sea especial— digo, recostándome y volviéndome de lado para encontrarme con sus ojos.

—¿Tu primera vez conmigo? —me pregunta.

Miro hacia el techo.

—No, mi primera vez —respondo.

—Eres una...

—Virgen, sí. Me prometí a mí misma que cuando suceda sería significativo, y con alguien con quien me vea pasando el resto de mi vida. Como que me estaba reservando para el matrimonio— escupo.

Nunca hay un momento adecuado para esta conversación, pero este es un momento tan bueno como cualquier otro. Es mejor que salga corriendo por la puerta ahora que antes de que yo esté demasiado metida.

Sin embargo, ¿a quién engaño? Ya estoy allí.

—Es una tontería, lo sé —digo sintiendo que mis mejillas se calientan. Intento girar hacia el lado opuesto de la cama, pero Colton me detiene.

—Mia. —Él toma mi barbilla y la levanta. Aparto la mirada, otra vez lista para que este sea nuestro fin.

—Lamento no haberte dicho antes. —Me muevo entre nosotros—. Esto es bastante nuevo.

—Mia. —Él intenta hacer contacto visual de nuevo, pero lo evito.

—Entonces, ahora sabes que no deberías salir conmigo. No puedo darte lo que quieres. —Estoy esperando a que se levante y se vaya, pero no se mueve. Empiezo a levantarme de la cama, pero él sostiene mis caderas y me empuja hacia abajo.

—Puedo tener sexo con cualquiera —dice, y pongo los ojos en blanco. Ahí está el imbécil engreído que conocí la primera vez, y me duele un poco porque sé que está diciendo la verdad. Sé que hay una fila de chicas que se pisotearían unas a otras para tener la oportunidad de estar con él. Mierda, lo he visto de primera mano con Abbigail.

—Lo que quiero decir es... Mia, mírame.

No puedo hacerlo.

—Mírame ahora —A su comentario, obedezco—. Mia, si todo lo que quisiera fuera sexo, iría con cualquier otra persona. Hay muchas chicas dispuestas.

Sí, gracias por el recordatorio.

—Perfecto. Ve y encuentra una de ellas. ¿Quizás Abbigail? —digo, y se siente como si me estuviera tragando clavos oxidados—. Estoy segura de que ella...

Me detengo cuando Colton me besa.

—Cállate y escucha —dice—. No necesitas darme sexo para darme lo que necesito. Me das fuerza, me escuchas y estás ahí cuando te necesito. Me permites ser yo mismo y me inspiras a ser una mejor versión de mí mismo.

—Puedes conseguir eso de mí como amiga —respondo —. Deberías salir con alguien...

Una vez más, sus labios sobre los míos me impiden terminar mi sugerencia.

—Te deseo, Mia, y puedo esperar. Pero no te dejaré.

—Querrás tener sexo.

—Claro, pero no con cualquiera. Quiero estar contigo, y si eso significa esperar, lo haré. Alegremente. No me veo acostándome con alguien más y a ti tampoco te gustaría eso. Entonces, deja de sugerir estupideces —dice, y sonrío. Siento que estoy caminando en el aire. No esperaba que esta fuera su reacción.

—¿Estás seguro? —pregunto, dándole otra oportunidad.

—Si no estuviera seguro, no estaría aquí ahora. No te rindas antes de que siquiera hayamos empezado, ¿de acuerdo, Collins?

—Sí, Hunter —respondo y lo beso.

Vemos otra película, pero en realidad eso es solo una excusa para besarnos mientras la película se reproduce de fondo. Nos metemos bajo las sábanas y nos besamos hasta que estoy demasiado cansada para continuar. Empiezo a quedarme dormida, pensando en las últimas semanas, que han sido como un sueño. La verdad, tengo un poco de miedo de despertarme y descubrir que todo se ha ido. Quizás esto pueda funcionar después de todo. Ese es el último pensamiento que cruza mi mente antes de ceder al sueño que me llama.

———

¡YA CASI QUEDO!

Me miro en el espejo, mirando mis rizos planchados. Hace un par de meses, no me habría molestado en arreglarme y acicalarme para ir a una fiesta. Mierda, Kiya ciertamente estaría de acuerdo con eso. Ella me habría obligado a ir en primer lugar, y luego pelearíamos por prepararnos. Sin embargo, aquí estoy, rizando mi cabello y perfeccionando mi maquillaje.

Ahora hay una diferencia clave; tengo a alguien que me importa, la misma persona que estuvo aquí inmediatamente después de que terminó su juego con su increíble uniforme que abraza su forma maravillosamente. Incluso después de jugar un par de horas, todavía se hizo tiempo para verme, besarme y hacerme saber que habían ganado.

No hemos puesto una etiqueta a lo que sea que esté pasando entre nosotros. Sin embargo, estamos juntos siempre que podemos, lo que no es mucho hoy en día, ya que sus juegos le han ocupado cada vez más de su tiempo.

Él quería quedarse más tiempo, pero necesitaba llevar su sudoroso trasero a la casa para ayudar a los chicos a preparar la fiesta que tienen cada vez que ganan. Han tenido una todos los sábados porque están pateando traseros.

Me pongo una chaqueta y me miro de nuevo en el espejo de cuerpo entero para asegurarme de que me veo bien. Aunque solo estuvo aquí hace un par de horas, no puedo evitar sentirme emocionada por volver a verlo.

Agarro mi bolso, de esos que me arrojo al hombro, cruzo a un lado y salgo de la habitación. Kiya fue retenida en una sesión de grupo de estudio, así que no se unirá a mí hasta mucho más tarde. Se siente un poco extraño ir sola a una fiesta, pero le prometí a Colton que estaría allí.

Abro la puerta principal y me encuentro con alguien a quien no esperaba volver a ver.

Mi padre.

El tiempo se detiene mientras trato de averiguar si esto es un sueño o no, si mi papá está parado frente a mí después de meses y meses de no verlo, si la misma persona que me abandonó es la que se molestó en aparecer en mi puerta.

—Hola, chica —dice. Esa voz, no la he escuchado desde que escuché a mamá y papá discutir en la cocina. No respondo—. Sé que estás enojada conmigo y lo entiendo.

—Bueno, sí entiendes, eso lo hace todo mejor —digo, mis palabras entrecortadas.

—Sé que no es así, pero estoy aquí.

—Sí. Dime por qué estás aquí.

—Quiero disculparme —dice, sus ojos azul cielo mirándome.

—¿Por qué, exactamente? —Respondo, revisando la lista de todas las cosas que hizo mal.

—De todo. Necesitaba venir aquí y disculparme contigo.

—¿Cómo supiste que estaba aquí?

—Pregunté en CU y me dijeron que te habían transferido. Soy tu padre, así que me dieron la información.

—¿Padre? ¿En serio? —Lanzo hacia atrás con disgusto—. ¿Estás reclamando eso ahora?

—Yo también merezco eso, pero quiero que sepas que estoy mejor.

No creo una palabra de lo que dice.

—¿Ah sí?

—Sí —dice solemnemente—. ¿Podrías dejarme entrar para que podamos hablar?

Me quedo ahí bloqueando la puerta durante un par de minutos antes de consentir. Una parte de mí sabe que él es mi padre y me enseñaron a respetar eso. Me alejo y dejo que me siga. Busco mi cómodo lugar en el sofá y espero a que empiece a hablar, para tratar de explicar lo que pasó.

—Sé que he cometido algunos errores.

En lugar de seguirme hasta el sofá, Michael camina por la sala y se detiene frente a una foto de mamá y yo.

—Te pareces mucho a ella, ¿sabes? Luces como ella —él añade.

—Me gustaría pensar que sí. ¿Estabas diciendo que cometiste algunos errores? —Le digo, tratando de hacer avanzar esta conversación.

—Muchos errores, pero estoy mejor. Después de tu mamá... después de ella... —deja la foto y camina hacia el piano. Me estremezco. Fue él quien me enseñó a tocar.

—Después de que ella muriera —digo.

—Sí, después de que ella muriera. Me registré en un centro de rehabilitación para ayudarme con mi adicción a la bebida y al juego —dice—. He estado recibiendo tratamiento durante los últimos meses y he estado sobrio desde que ella nos dejó.

Él se acerca cautelosamente al sofá.

—Bueno, eso es bueno —no puedo evitar decir con sarcasmo. Es genial para él que esté mejor ahora. Pero, ¿y yo?

—Parte del programa nos pide que regresemos y hagamos las cosas bien.

—Oh, ¿entonces estás aquí solo porque tienes que marcar esa casilla?

—No, estoy aquí porque me preocupo por ti. Te quiero, chica, y quería arreglar las cosas entre nosotros —dice finalmente tomando asiento en el sofá frente a mí.

—¿Ahora quieres hacerlo? ¿Cómo ves que funciona?

—Quiero que volvamos a ser una familia. —Lo miro con escepticismo rebosante en mis ojos. ¿Por qué cree que simplemente volveremos a ser una familia?

—¿Una familia?

—Sí, una familia. Yo... hay algo más que tengo que decirte. —¿Qué otra cosa? Asiento con la cabeza para que continúe—. Antes de que tu mamá falleciera, las cosas no iban bien. Todo fue culpa mía, y ahora me doy cuenta. Abrí una brecha entre nosotros, tu mamá y yo... Empezamos a tener problemas, era adicto a la bebida y al juego y cada vez que perdía, básicamente perdía mi mierda.

—Okey. —Ya sabía eso.

—Y, bueno, una de las peleas más grandes que tu mamá y yo tuvimos antes de que ella falleciera fue cuando le dije, que tenía a alguien...

Mis ojos se estrechan hacia él.

—¿Tenías a alguien, qué?

—Estaba en un bar viendo una pelea en la que tenía una apuesta de dos mil dólares, y bueno, perdí. Estaba enojado, y estaba esta... esta mujer que había estado coqueteando conmigo toda la noche.

—¿Dios mío, engañaste a mamá? —Grito, abandonando mi asiento en el sofá.

—Las cosas no iban bien en casa. Dejamos de dormir en la misma cama. Solo compartimos una habitación cuando nos visitaba desde la universidad.

—¿Qué excusa es esa? —sigo gritando, caminando de un extremo a otro de la habitación.

—No, sé que no es así —dice, con la cabeza colgando de vergüenza—. Sólo duró un rato.

—¿Tuviste una aventura? No es algo de una sola vez, ¿pero en realidad tuviste una maldita aventura?

No podía morderme la lengua ahora.

—Sí, pero lo terminé, lo hice. Excepto que era demasiado tarde porque la mujer... la mujer me dijo que estaba embarazada. —Mis movimientos se detienen.

Sus palabras suenan como clavos rascando una pizarra. Las escucho, pero no puedo creer que sean ciertas.

—Tienes una hermana —dice, y al oír esto, camino hacia la puerta y salgo de la casa. Dice mi nombre detrás de mí, pero no me detengo. No puedo parar.

Corro. Corro como si hubiera alguien persiguiéndome porque lo hay. Bueno, no alguien, sino algo: mi pasado. Dejé California para no tener que cruzarme nunca con él. No quería volver a verlo nunca. No después de que me dejó. Las lágrimas caen y mi visión se vuelve borrosa, pero no dejo de correr. No puedo parar.

Recuerdo estar en el funeral de mamá. No lloré, no hablé. No hice nada. No pude. Porque no solo había perdido a mi mamá, también había perdido a mi papá. Él no estuvo en el funeral, él se había sacado de todo el proceso. Le rogué y le rogué que viniera, pero no lo hizo. No ayudó a hacer los arreglos del funeral. No respondió ninguna pregunta. No me había dicho una palabra. Ni siquiera un abrazo. No hubo consuelo en absoluto. Nunca me preguntó cómo estaba. Sabía que él estaba sufriendo, pero yo también. Y él era el padre, no yo. Era el único padre que me quedaba.

Había perdido a una de las personas más importantes de mi vida y mi padre no estaba allí para ayudarme a superarlo. En cambio, me obligué a no sentir. Incluso después de que amigos de la infancia, vecinos, compañeros de trabajo y cualquier otra persona que conocía y amaba a mi madre intentaron consolarme. Expresaron su profunda tristeza por mi pérdida. Aun así, podía sentir su confusión, podía ver sus ojos deambulando en busca de mi padre. Yo también lo estaba buscando.

Después de que la enterramos, todos se fueron a casa. No quedaba nada más por hacer. Natasha, una amiga que había conducido desde la escuela para el descanso conmigo, me preguntó si quería compañía, si la necesitaba. Le dije que quería estar sola.

Eso fue mentira.

No quería estar sola.

Moviéndome mecánicamente, salí del carro y entré a la casa. En el interior, los recuerdos de mi infancia me asaltaron. Me sentí como si me estuviera ahogando en un océano de ellos. Grité tan fuerte como pude, esperando dejar salir todo, esperando sentir algo más que el entumecimiento, pero no ayudó.

Corrí a la habitación de mis padres. Quería confrontar a mi padre y exigir respuestas. Yo también estaba lista para pelear con él, para gritarle por no estar ahí para mí, por no estar ahí para mi madre. Abrí la puerta del dormitorio de un tirón...

Nadie estuvo allí.

Ver la bata de mi madre colgando de la cabecera me rompió. Sus cosas estaban en el mismo lugar, intactas. Si no fuera por el recuerdo de su cuerpo en el ataúd, habría esperado verla en cualquier momento.

Me moví hacia su armario, su lugar favorito. Es donde se guardaba su colección de botas y bufandas, y en ese momento, necesitaba sentirme más cerca de ella. Cuando abrí la puerta, lo único en lo que podía concentrarme era en el hecho de que faltaba toda la ropa de mi padre. Desaparecidas. Corrí a su baño, y tampoco había nada de él. Grité por él, corriendo de habitación en habitación, esperando encontrarlo.

Finalmente, corrí a la cocina, donde, encima de la mesa, había un sobre amarillo. Me senté y respiré hondo. Rompí el sobre, asustada de lo que encontraría dentro. Encontré una nota y la leí.

Lo siento. No puedo hacer esto. Verte todos los días me recuerda a ella. Lamento haber lastimado a nuestra familia. Prometo que mejoraré. Ojalá lo hubiera hecho antes.

Seguí mirando para ver si había algo más, y lo había. Pero nada que me hiciera sentir mejor. Mi padre me había dejado una petición judicial de emancipación. Al pie del documento estaba su firma: Michael Collins.

Me tomó una eternidad dejar de revivir ese momento en mi cabeza. Había trabajado tan duro para olvidarme de eso. Me tomó un tiempo recuperar el control de mi vida, sentirme como una persona, no mirarme al espejo y odiar lo que veía, como lo hacía mi papá.

Todavía estoy corriendo, y aunque pensé que estaba corriendo sin rumbo fijo, me encuentro disminuyendo la velocidad frente a la casa de Colton. Mi cabello está pegado a mi cara, el delineador de ojos y el rímel que me había aplicado probablemente están manchados. Mis piernas se sienten débiles, mi cabeza late con fuerza, ¿y mi corazón? Bueno, mi corazón pende de un hilo. Aguantando por Colton.

Puedo escuchar la música en auge y una segunda conjetura entrando. La gente lo notará. La gente verá que hay algo mal en mí. O tal vez no lo harán. Todo lo que sé es que necesito ver a Colton. Necesito estar con él.

Dentro, subo las escaleras corriendo como si mi vida dependiera de ello.

Cuando llego a su habitación, abro la puerta y todo el aire de mis pulmones sale rápidamente.

Acostada en la cama de Colton, debajo de sus sábanas, está Abbigail. Está desnuda si la ropa en el suelo es una indicación. Miro a mi alrededor para ver si Colton está aquí, rezando para que no lo esté, rezando para que ella se haya acostado con otra persona en su habitación. Miro de nuevo a Abbigail, quien me sonríe siniestramente y señala la puerta del baño. La puerta está abierta y oigo correr la ducha.

También puedo ver la ropa de Colton tirada en el suelo.

No sé qué hacer. No tengo idea de cuándo todo se salió de control, pero sé que no puedo quedarme aquí. No puedo aceptar que otra persona me lastime, no esta noche, aunque tal vez ya sea demasiado tarde.

Se forman nuevas lágrimas, cayendo por mis mejillas mientras salgo de la estúpida Casa de Futbol. Debería haberlo sabido mejor antes de venir aquí. El hecho de que alguien diga que no necesita algo no significa que sea cierto. Mierda, recuerdo que lo único que necesitaba era estar sola, pero eso era mentira. Al igual que Colton me mintió acerca de no tener sus propias necesidades, necesidades que no pude satisfacer, necesidades que Abbigail siempre ha estado más que feliz de satisfacer.

La gente me mira fijamente cuando paso, con los ojos llenos de preocupación. Sin saber adónde ir a continuación y sin tener fuerzas para seguir adelante, camino hacia el costado de la casa, me deslizo por la pared hasta el césped y dejo que las lágrimas caigan. Lloro tanto que no sé si alguna vez podré volver a llorar.

¿Por qué diablos, mi padre, tuvo que regresar ahora y destruir los muros por los que he trabajado tan duro para construir? Supongo que no es del todo culpa suya, considerando que Colton había ido quitando ladrillos lentamente. Al final, la única persona a quien puedo culpar es a mí misma. Yo, y a quien sea que fue que se pasó un semáforo en rojo y mató a mi madre.

22

Termino de afeitarme y me enjuago la cara una vez más. Esta ducha era muy necesaria. Después del partido, fui directamente a la casa de Mia. Es curioso cómo hace un par de meses no me dejaba entrar y ahora paso más tiempo allí que aquí. Sin embargo, mi tiempo se acortó; Necesitaba ayudar a los muchachos a prepararse para la fiesta, la fiesta de la victoria, porque una vez más, hemos llegado a los playoffs. Estamos bien posicionados para ganar y eso es motivo de celebración. Al menos eso es lo que dicen los muchachos, pero no necesitan una excusa.

Me seco la cara y aplico un poco de loción. Puedo verme sonriendo en el espejo, pensando en lo lejos que he llegado con Mia. En serio, la chica me tiene humedeciendo la cara y todo. Me doy otra mirada en el espejo y salgo del baño. Mi mirada se posa en un sostén apilado sobre una pila de ropa en el suelo. Giro la cabeza hacia la derecha y encuentro a Abby acostada en mi cama.

—¿Qué carajo?

—¿Te importaría venir conmigo? —ronronea, devorándome con la mirada. Agarro mi toalla un poco más fuerte.

—Necesitas salir de aquí. ¿Cuántas veces tengo que decirlo para que entiendas?

—Oh, vamos, sabes qué quieres. Por los viejos tiempos. —Baja la sábana lo suficiente para revelar sus pechos desnudos.

—Tienes que salir de mi habitación ahora mismo —le digo, manteniendo mis ojos en su rostro.

Se sienta, dejando que la sábana se caiga aún más.

—¿O qué?

—O me aseguraré de que nunca más seas bienvenida en esta casa. O tal vez, tal vez le cuente a la administración cómo obtuviste una A en biología al follarte al profesor.

—No lo harías —ella responde con la mirada de venado atrapado con los faros.

—Sabes muy bien que lo haría. Me aseguraré de que todos sepan exactamente quién eres tú y cuál es nuestra posición. Entonces veamos si serás la directora de una fraternidad de chicas. Tendrás suerte si no te echan de la escuela.

—¿Estás amenazando con chismear?

—Estoy amenazando con decir la verdad. Abby, necesito que salgas de aquí. —Cuando ella no se mueve, levanto la voz y agrego—: ¡Ahora

Sus ojos se abren y huele antes de apartar las sábanas de su cuerpo desnudo. Agarro su ropa del suelo y se la tiro.

—Te arrepentirás de esto —dice mientras se pone el vestido.

—Me he arrepentido de muchas cosas: conocerte, estar contigo. ¿Pero esto? Esto es algo de lo que sé que nunca me arrepentiré.

—Te odio.

—Bien, aférrate a ese odio y mantente alejada de mí.

Ella se va y yo exhalo un suspiro. Sé que Mia vendrá aquí esta noche y lo último que necesito es recordarle mis errores, mi historia. Empiezo a vestirme, asegurándome de no dejar que Abby arruine mi estado de ánimo. La idea de ver a Mia borra la amargura.

Me pongo una camisa y luego reviso mi teléfono para ver si hay algún mensaje de Mia. Cuando veo que no tengo ninguno, bajo las escaleras.

Abajo, en la sala, veo que la fiesta está en pleno apogeo. Todavía no sé cómo diablos acomodamos a tanta gente en esta casa, pero cada fiesta parece más llena que la anterior. Choco los puños con Zack y luego asiento con la cabeza a Blake, que están hablando con algunos otros jugadores.

—Oye, Hunter — Chase me llama.

Camino hacia donde está parado.

—Oye, Boulder. ¿Dónde está tu chica?

—Ella no vendrá. Dijo que no está de humor para ir de fiesta. —Se encoge de hombros—. ¿Cómo está tu chica?

Mi chica, sí. Porque, aunque no seamos oficiales, sé que ella lo es. Puedo decirlo por la forma en que gime cada vez que nos besamos.

—Ella está bien —sé que hay una estúpida sonrisa en mi rostro.

—Bien. Parecía que estaba en mal estado cuando entró.

Mi sangre se enfría.

—¿Qué quieres decir con mal estado? ¿Cuándo entró? — Mi cabeza comienza a dar vueltas. No sé qué quiere decir con esas palabras, pero la necesidad de saber que ella está bien se apodera de mi cuerpo de inmediato.

—Sí, entró hace unos veinte minutos, llorando. Corrió escaleras arriba. La seguí para asegurarme de que estaba bien, pero luego la vi entrar en tu habitación.

—¿Y luego? —pregunto, sabiendo que debe haber visto a Abbigail allí.

—Yo regresé a la fiesta.

—¿La viste bajar?

—No. Pensé que todavía estaba arri...

Antes de que pueda terminar su oración, me dirijo al resto de los chicos.

—¿Alguno de ustedes vio a Mia?

—No —dice Zack.

—No —agrega Blake.

—¿Es ella la cosita caliente con la que has estado pasando todo tu tiempo libre? —dice un ala cerrada llamado Connor. Quiero darle un puñetazo en la cara, pero lo pienso mejor. Tengo prioridades y él no es una de ellas en este momento.

—Sí, ¿la viste? —Obligo las palabras a salir de mi boca, enunciando cada una con cuidado.

—Sí, ella bajó las escaleras. De hecho, salió corriendo de la casa. Definitivamente estaba llorando...

No espero a que termine. Salgo corriendo por la puerta lo más rápido que puedo.

Escucho el sonido distintivo de la voz de Mia, gritando a alguien que se detenga. Corro hacia donde creo que puede estar y la encuentro atrapada entre los brazos de Brandon contra el costado de la casa. Parece que está mirando por el cañón de una pistola, esperando que llegue el final. Ella acepta la derrota. Sus ojos van de él a mí, suplicándome que intervenga. Hacer algo.

Así que hago.

Antes de que pueda registrar cualquier otra cosa, tengo a Brandon inmovilizado contra el ladrillo, usando mi peso para sostenerlo en alto mientras mi mano se envuelve alrededor de su garganta. Me tiene miedo. Puedo decirlo por la forma en que sus ojos suplican piedad. Él sabe lo cruel que puedo ser en el campo. Imagínate lo que podría hacerle con la motivación adecuada.

Sus pies cuelgan en el aire mientras presiono mi hombro contra su pecho. No es liviano, pero el entrenamiento me ha convertido en una bestia y sé cómo usar mi peso a mi favor.

—¿Qué diablos crees que estás haciendo? —pregunto con voz letal.

—Nada... yo... ella... sólo estábamos hablando —dice, su voz temblando con cada palabra.

—¿Y parece que ella quiere hablar contigo? —digo enfatizando la palabra hablar mientras aprieto mi agarre en su cuello. Debe pensar que soy un idiota. Hablar no era lo que quería hacer con Mia. Siento que mi frecuencia cardíaca aumenta, latiendo tan fuerte que podría saltar fuera de mi cuerpo. Mi ira aumenta rápidamente y sé que estoy a punto de perder el control.

—Ah, ella, quiero decir, quería asegurarme de que estaba bien —responde.

—¿Así es como te aseguras de que alguien está bien? —pregunto. Cada mentira que dice me da ganas de darle un puñetazo en la mandíbula. Ejerzo todo el control que puedo. Con cada pregunta que hago, pienso en lo que podría haber pasado si no hubiera estado aquí. ¿Qué podría haberle pasado si no la hubiera estado buscando? Cada *y si* agrega leña al fuego que ya arde dentro de mí.

—¿Por qué te importa? Retrocede, Hunter —dice, intentando sonar duro, pero su temblor muestra lo contrario.

—Importa porque ella es una persona, imbécil, y porque es mía —gruño como un cavernícola, pero es cierto. Ella es mía. Lo ha sido desde el día en que se encontró conmigo en clase. Ella habría sido mía antes si no hubiera estado demasiado distraído para notarla. Ella es mía y yo soy de ella.

Brandon parece recuperar la sobriedad, sus ojos se agrandan cuando finalmente se da cuenta de lo serio que hablo.

—Hunter, no sabía que ella era tu chica —dice, tratando de restar importancia a toda la situación.

—No debería importar si ella es mi chica o no. Ella dijo que no, eso es suficiente —digo. —No quiero volver a ver ni oír hablar de que intentes aprovecharte de una chica. Si lo hago, lo lamentarás. Ahora vete a la mierda. Y cuando se trata de ella— le digo señalando a Mia, —no la mires, no la toques, no pienses en ella, no te acerques a ella. Si la ves caminar en una dirección, camina en la dirección opuesta.

Tienes suerte de que no te patee el trasero en este momento. Si alguna vez te veo hacer esta mierda de nuevo, no tendrás tanta suerte.

Lo empujo una vez más contra la pared antes de soltarlo. Tan pronto como lo hago, corre hacia el frente de la casa.

Estoy tratando de calmarme respirando profundamente, pero esto se detiene cuando escucho un sollozo. Me doy la vuelta para encontrar a Mia sentada en el césped. Sus rodillas se acercan a su pecho, sus manos cubren su boca para silenciar su llanto. Pero no tiene éxito. Las lágrimas corren por su hermoso rostro. Se ve tan frágil, como alguien que se está rompiendo, pero está tratando desesperadamente de mantener las piezas juntas, de mantenerse unida. Sé exactamente cómo se siente ella. Siempre trato de mantener la mierda unida, de recoger los pedazos, pero nunca funciona. Las cosas siempre logran romperse.

Me acerco a ella lentamente, con miedo de asustarla. Si vio a Abbigail arriba, es posible que ahora mismo esté pensando lo peor de mí. Una parte de mí lo sabe, mientras que la otra parte, la que tengo que luchar para frenar, quiere correr. Quiere correr hacia ella. Quiere levantarla del suelo y abrazarla mientras le doy el consuelo que necesita. El consuelo que necesito también.

Me arrodillo frente a ella y ella siente mi presencia de inmediato. Espero a que mire hacia arriba y, cuando lo hace, la consume la ira. Al ver esto, me muevo para sentarme a su lado; Sé que esta será una conversación seria.

Reflejo su postura, abrazando mis rodillas mientras las acerco a mi pecho. Para cualquier otra persona, probablemente me vea raro como el infierno y también incómodo. Sería una descripción precisa, pero es donde debo estar.

Ella aparta la mirada, sin decir una palabra.

Aun así, no la voy a dejar sola, no a menos que ella me lo pida, e incluso entonces, no estoy seguro de hasta dónde llegaría. Estoy dispuesto a ser su hombro para llorar, o su saco de boxeo para atacar. Estoy dispuesto a ser lo que ella necesite que sea.

Cuando deja de llorar, intenta recomponerse. Miro en su dirección para verla negar con la cabeza. Levanto las cejas inquisitivamente. Después de unos incómodos minutos, finalmente hace contacto visual y la decepción que veo en sus ojos me rompe.

***

MIA

—¿Hola, estás bien? —me pregunta.

—Estoy bien. No soy una damisela en apuros. No necesito que me salves —replico. Al diablo con él y su amabilidad. Es todo un acto.

—Eso no es lo que parecía cuando llegué aquí —dice, visiblemente irritado.

Bueno, que se joda.

—Lo estaba manejando. —Y estoy a punto de manejarlo a él también.

—¿Llorando?

—Lo tenía bajo control. Estaba a punto de hacer algo al respecto. —Y yo lo estaba. Simplemente él me pilló con la guardia baja, vi al tipo acercarse e inmediatamente me levanté, pero antes de que pudiera alejarme, me encerró. Por un segundo, contemplé no hacer nada, simplemente dejar que sucediera. ¿Por qué resistir cuando la gente te lastima de todos modos? Parece que, por mucho que trate de no dejar que la gente me siga destruyendo, lo hacen. Entonces, esta vez iba a ser mi elección.

Antes de hundirme en ese sentimiento, la parte racional de mi cerebro sabe que no soy yo. Estaba a punto de detenerlo, pero luego Colton apareció detrás de él.

—Eso ciertamente parecía que estaba bajo control —él afirma. Es curioso que parezca preocuparse tanto por lo que me pasa.

—¿Justo como si tuvieras a Abby bajo control arriba? —Respondo, desafiándolo a contradecirme.

—Eso no era lo que...

—¿Eso no era lo que pensaba? ¿Es eso lo que ibas a decir?

—Mia.

—¿Vas a decirme que no vi a Abbigail arriba, en tu cama, desnuda?

—Sí, pero...

—Sí, pero nada. Los hechos son los hechos, Colton.

—Sí, pero no entiendes...

—Entiendo. No soy nada para ti, lo supe desde el principio. Sabía que no eras material de novio. Sabía que jugarías con mi corazón como jugarías con el de cualquier otra chica, como si fuera un juego. Pero, sinceramente, esto no es culpa tuya. Es mía. ¿Pero sabes qué? Ya no me importa.

—Esas lágrimas me dicen lo contrario. Claramente, significo algo para ti.

—Significaste algo para mí, pero ese fue mi error.

—No, no lo fue, Mia.

Me levanto, me doy la vuelta y empiezo a alejarme cuando siento que una mano fría me agarra del brazo.

—¿Qué quieres? —exijo.

—A ti.

—Qué poético. Tú también la quieres a ella y a todas las demás chicas.

—No, Mia. Si no te ha quedado claro durante los últimos meses que hemos pasado juntos, te quiero. *Sólo* te quiero a ti.

—Por alguna razón no puedo creerte. —El sarcasmo gotea de mis palabras. Esto no es una telenovela. Esta no es una historia de romance feliz para siempre en la que esas palabras me dejarían boquiabierto.

—Mia...

Alejo mi brazo y camino en dirección a mi apartamento.

—No puedes alejarte de esto —dice desesperado.

Me doy la vuelta para enfrentarlo.

—¿Como si te hubieras enfrentado a todos tus demonios? Por favor, corta el rollo.

—Espera. No puedes irte.

—Mírame.

Aparece a mi lado, igualando cada uno de mis pasos.

—No. No puedes alejarte de una discusión, de una pelea. Tienes que quedarte y arreglarlo.

—No todas las cosas pueden arreglarse, y no todas las cosas están destinadas a arreglarse. Deberías saberlo —eso es lo último que digo antes de alejarme, dejándolo todo atrás una vez más.

Entro por la puerta justo cuando Kiya está a punto de salir para dirigirse a la fiesta. La fiesta de Colton. La fiesta a la que se suponía que íbamos a ir los dos, pero una mirada a mi cara la hace cancelar sus planes.

—¿Qué ocurre? —pregunta Kiya, pero realmente no sé cómo responder.

Yo prefiero la versión más sencilla.

—Un montón.

—Ven aquí —Kiya me da un abrazo. Sé que se supone que me hará sentir mejor, pero todo lo que hace es abrir la presa y las lágrimas comienzan a caer de nuevo. Me suelta, deja caer su bolso, se sacude los tacones y me agarra del brazo, llevándome hacia la cocina.

—Hablemos de ello con unas malteadas. Oreo con piquete —dice. Porque mi compañera de apartamento sabe que nada más me hará hablar.

Me siento en la mesa de la cocina, esperando a que Kiya termine su bebida mágica. Finalmente, coloca un vaso en mi mano mientras me guía a la sala. Cuando se sienta en el sofá, la sigo. Enciende la televisión y estoy agradecida por cada minuto que me da para recuperarme. En este momento, estoy agradecida de tenerla todavía en mi vida.

—¿Estás lista?

—Tanto como puedo.

—¿Entonces qué pasó?

—Mi papá pasó por la casa hoy. Mi padre, que después de que mataran a mi madre cuando iba a recoger su culo borracho de un bar, no fue a su funeral. Quien, después de dejarme, decidió finalmente aparecer —yo grito. Siento que me enojo más a cada segundo, cada declaración me trae un nuevo recuerdo.

—Oh Dios mío. No es de extrañar que nunca lo hayas mencionado. Lo siento mucho, Mia. ¿Qué quería él?

—Quería explicar, una segunda oportunidad. ¡Una repetición! —declaro.

—¿Y?

—No me refiero a dar segundas oportunidades a personas que no las merecen. Quiero decir, ¿por qué exponerme a ser herida dos veces por la misma persona? No tiene ningún sentido. —Sé que cuando le digo esto a mi compañera de apartamento, también estoy hablando conmigo misma.

No hay segundas oportunidades para personas que no las merecen.

—¿Entonces que hiciste?

—Cuando abrí la puerta y vi su rostro, no sabía qué hacer. Estaba enojada, pero... por un breve segundo, también me alegré de verlo, el hecho de que estaba vivo y parecía un ser humano decente. Mi padre tomó mi silencio como un permiso para hablar y pidió perdón. Dijo que había ido a rehabilitación, que ha estado sobrio desde el día en que murió mamá.

—Eso es bueno.

—Y también dijo que hay alguien más en su vida.

—Oh, mierda. ¿De verdad?

—Sí, y eso me rompió. Mamá no ha estado muerta por mucho tiempo, y aunque él no pudo estar ahí para mí, ha estado ahí para su otra hija. La que quiere que conozca.

—Oh, M, sé que probablemente duele. Pero es posible que desee intentar perdonarlo. Él es tu papá, después de todo.

—Seguro que se olvidó de actuar así cuando más lo necesitaba. No es necesario empezar ahora.

—¿Pero quizás quieras darle una oportunidad? De esa forma no te arrepentirás.

—De todos modos —digo moviendo la conversación—. No sabía qué más hacer, así que me escapé de mi propia casa.

—No es de extrañar que te veas como un mapache mojado cuando entraste en la casa. —Mi compañera de apartamento intenta animarme con una broma. Aunque no creo que esté bromeando.

—Corrí a la casa de Colton.

—Por supuesto que sí. Ustedes son inseparables. No sé dónde terminas tú y él comienza. Y realmente no sé cómo no te has acostado con él. Si no fueras mi amiga, tendría mis manos sobre eso.

Preparándome, sigo adelante.

—Estoy segura de que no tendrás ningún problema con eso —respondo. Mis palabras son mordaces.

—¿Está todo bien?

—Creo que ya sabes que no lo está.

—¿También pasó algo con Colton?

—Corrí a su casa, y como soy una idiota, simplemente entré a su habitación y encontré a Abbigail en su cama. Desnuda.

Kiya abre la boca.

—No jodas. ¿Qué demonios... estás bromeando, verdad?
—Ojalá lo fuera.

—Supongo que saber que él no podría obtener nada de mí hizo que lo obtuviera de otra parte.

—Mía, estoy realmente sorprendida. —Toma mi mano libre y la aprieta—. Lo siento mucho. Nunca lo vi como el tipo de persona que hace todo el asunto del célibe. Quiero decir, durante los últimos años, eligió mujeres y rara vez las rechazó, si los rumores eran una indicación, pero parece diferente contigo, no solo cuando está cerca de ti, sino en general. Blake me lo cuenta todo el tiempo. Cielos, verlos a los dos me estaba haciendo creer en los cuentos de hadas. Amor verdadero y esa mierda.

—Bueno, no creas en eso. Claramente, no es real.

—¿Qué dijo? —ella pregunta, luego agrega—: Lo siento, si no quieres hablar de eso, no tienes que hacerlo.

—No, está bien. Necesito sacarlo de mi pecho. Él estaba en la ducha cuando entré, así que me fui. Me encontró afuera, dijo que podía explicármelo. Pongo la palabra explicármelo entre comillas porque ¿cómo diablos podrías explicar dormir con otra persona?

'Lo siento, mi polla me obligó a hacerlo'.

Sí claro.

—¿Está segura? Quiero decir, en realidad no lo atrapaste durmiendo con ella. Y Abbigail es una perra.

—Su ropa estaba en el suelo. Quiero decir, puedo ser ingenua, pero la evidencia estaba ahí. Créeme, desearía que no fuera cierto, pero lo es.

—No sé qué decir.

—No tienes que decir nada. Está bien.

—*No* está bien.

Me encojo de hombros.

—Lo estará —le digo a ella y a mí. He pasado por cosas peores y me las arreglé para salir por el otro lado. Esto no será diferente.

—Te quiero —dice mi compañera de apartamento, abrazándome de nuevo.

—Yo también te quiero. —Y lo hago. Kiya es como la hermana que nunca tuve.

—Bien, bien. Basta de tristeza. Lloraremos esta noche, pero volveremos a empezar mañana. ¿Trato?

—Trato, pero por favor haz más de esta bebida mágica —digo, levantando mi vaso en el aire.

—Oh, eso no es magia. Ese es el licor de chocolate Godiva.

—Sea lo que sea, sabe a magia. Dame más. Estoy sufriendo. —Me río y le entrego el vaso. Las cosas pueden estar feas en este momento, pero tengo a Kiya, y sé que ella estará aquí para mí.

—Eres un dolor de cabeza. —Mi compañera de apartamento se levanta del sofá y se dirige a la cocina.

23

COLTON

Ha pasado un largo mes desde la última vez que hablé con Mia. Ella me ha estado ignorando, negándose a hablar conmigo, a aclarar las cosas. No puedo creer lo mucho que la extraño.

Extraño todo de ella, su risa, su descaro, sus besos. Extraño lo genuina que es y lo hermosa que es sin siquiera darse cuenta. Incluso trabajar en esta maldita asignación con ella lo hacía más tolerable. Ella hizo todo mejor, ella me hizo mejor, y mi historia lo arruinó.

No he podido escribir más de tres palabras en la parte que ella me asignó, la misma parte que tenía cuando trabajamos en el esquema. Casi no quiero hacerlo, tal vez entonces ella me hable. Tomaré su enojo por su silencio cualquier día.

Incluso esta habitación se siente diferente sin ella aquí. Estoy sentado en mi escritorio. Mi computadora está encendida, pero no puedo pensar en nada más que en ella.

No puedo creer que Abbigail haya hecho esto, lo arruinó todo.

¿Por qué Mia siquiera pensaría que soy capaz de hacer esta mierda? Le dije lo que estaba haciendo mi mamá. Le dije que desprecio a los infieles, pero ¿ella cree que yo haría lo mismo?

Pensé que Mia me entendía, pero aparentemente no lo hace.

Suena mi teléfono, interrumpiendo mis pensamientos. La esperanza crece dentro de mí. Tal vez ella me extraña lo suficiente como para acercarse y finalmente dejarme explicar.

Pero esa esperanza pronto se extingue cuando veo que es mi papá llamando.

—Hola, papá —le digo rotundamente.

—Hola, hijo, ¿cómo estás? —Ésa es la pregunta de cincuenta millones de dólares que todos y sus madres me han estado haciendo últimamente. Supongo que es bastante obvio que me siento como una mierda porque todos los chicos han estado preguntando. Incluso Kaitlyn y Nick se detuvieron para asegurarse de que yo estaba bien. Yo los he dejado afuera también. Solo hay una persona que podría hacerme sentir remotamente mejor y, lamentablemente, ella es la razón por la que me siento como una mierda.

—Estoy haciendo... — Me detengo ahí porque, honestamente, no lo sé.

—La última vez que estuviste aquí... —comienza.

Oh aquí vamos.

—No parecías estar bien. Sé que hay algo entre tú y tu mamá.

—Sí —respondo. No debería culpar a mi papá por trabajar duro todos los días. Sé que está obsesionado con el trabajo porque lo ve como una forma de mantenernos, pero yo lo veo como lo único que le ha impedido darse cuenta de lo que ahora sé desde hace mucho tiempo.

—Deberíamos hablar sobre lo que sea que te está molestando, hijo.

—No es necesario.

—Sí que lo es. Siento que nunca más te vemos por la casa, y cuando lo hacemos, es como si no quisieras estar aquí, o tú y tu mamá se pelean.

—Yo estaba cansado, papá.

—Te crie yo mismo y me doy cuenta cuando algo te molesta, Colt. Sea lo que sea, puedes decírmelo.

Sí, como no.

—Si, tú puedes.

Lo dije en voz alta.

—Papá...

—Hijo, solías admirarme en un momento. No sé qué he hecho para cambiar eso, pero quiero que sepas que te quiero. Me preocupo por ti y necesito saber qué está pasando.

—Está bien, está bien —digo porque estoy enfermo y cansado de cargar con el peso de otra persona. No debería ser yo quien se dé cuenta de esto. Kaitlyn y Nick también deberían saberlo, ha pasado demasiado tiempo. Si la mierda se va al sur, tendré el apoyo de ellos. Siempre hago. Todos podemos estar en contra de ellos.

—Genial. Nos vemos en el restaurante al que solíamos ir a cenar todos los domingos. ¿Cómo se llamaba?

—West Side Diner —respondo, la idea de Mia sentada en mi puesto favorito inmediatamente me viene a la mente.

—Está bien, puedo encontrarme contigo allí. ¿Cómo está tu agenda para mañana?

Miro el calendario que está en mi escritorio. Clase, reuniones y práctica.

—Puedo verte allí a las seis.

—Suena bien.

Hago una pausa por un momento, lamiendo mis labios.

—¿Podrías hacerme un favor?

—Sí, hijo, siempre.

—No se lo digas a mamá. —No quiero que ella vea venir esto.

—Yo... está bien —dice. Nos despedimos y colgamos.

Mia tenía razón en una cosa. Actué como un cobarde al no enfrentar mis propios problemas, pero eso cambia mañana. Primero mi padre, luego mi chica.

———

ENTRO EN EL RESTAURANTE COMO LO HE HECHO MUCHAS veces antes. Pensé si realmente debería seguir adelante con esto, pero decidí que era el momento. Es injusto para mi padre y mis hermanos estar completamente ignorantes de la situación. Probablemente me odiarán por guardármelo para mí durante tanto tiempo, pero sentí que no tenía otra opción. Pero Mia me enseñó que todos tienen una opción. Y hoy, elijo enfrentar esta mierda de frente.

Estaciono en mi lugar habitual y salto del carro. Como quitarme un vendaje, cuanto más rápido lo haga, menos dolerá. ¿A quién estoy engañando? Todavía dolerá. Causará estragos en nuestra familia, pero tal vez eso es lo que necesitamos para poder empezar de nuevo.

Cruzo la puerta principal y reconozco a algunas de las meseras de hoy.

—Mesa para dos en la sección de Karla, por favor —le digo a la anfitriona.

—Lo siento, pero Karla no está hoy. ¿Todavía te gustaría estar sentado?

—Por supuesto.

—¿Puedo decirle a su mesera que le haga un pedido mientras espera? —me pregunta.

—Jack con Coca-Cola, por favor. —Necesito más de un trago para ayudarme a superar esta conversación esta noche, pero, al menos, es un comienzo.

Esto es más difícil de lo que pensé que sería y ni siquiera he empezado todavía.

Unos minutos más tarde, mi padre entra por la puerta. Lleva un traje de negocios debajo de un abrigo de cachemira. Probablemente, acaba de salir de la oficina. Veo que sus ojos vagan por el lugar hasta que me ve. Mientras camina hacia mí, me preparo para la discusión que estamos a punto de tener porque nada volverá a ser igual después de esto.

—Hola, Colt —dice mi padre mientras se desliza hacia su asiento.

—Hola, papá —le digo mientras la mesera trae mi bebida y la coloca sobre la mesa.

—Ah, creo que también voy a necesitar uno de esos —dice mi padre, señalando mi vaso.

—Lo harás —le respondo. La mesera asiente y se va.

Ambos la vemos irse, ambos tratando de prolongar lo inevitable.

—¿Qué está pasando contigo y tu mamá, hijo? —dice mi padre tan pronto como su bebida está frente a él. No pierde el tiempo, quiere meterse de lleno. Supongo que es una cualidad que obtengo de él.

24

MIA

Ha pasado un mes desde que hablé con Colton. Un mes desde que entré en su habitación y encontré a Abby tendida en su cama. Un mes sin saber si me ha llamado o enviado un mensaje porque todavía lo tengo bloqueado. Un mes de cambiar mi rutina para evitar encontrarme con él. Sé que, si le doy la oportunidad de hablar conmigo, cederé. Porque, aunque parezca que lo superé, aunque creo que soy fuerte, no lo soy. Lo extraño tanto que lloro hasta quedarme dormida todas las noches, mi almohada es la única que conoce mi secreto.

He pensado en sí podría estar diciendo la verdad cuando me dijo que no se acostó con ella. He presentado escenario tras escenario de cómo se desarrollaría en su beneficio, pero ninguno de ellos resultó en una explicación lógica. Solo soy yo tratando de encontrar una manera de seguir estando con él. Porque, aunque no sé cómo sucedió, estoy enamorada de él. Me enamoré sin siquiera darme cuenta. Se apoderó de mi corazón, pieza por pieza.

Las únicas piezas que me quedan anhelan estar de vuelta con él.

Pero no puedo regresar.

Saber que se acostó con ella evita que vuelva corriendo hacia él. No puedo permitirme ir allí de nuevo. No puedo abrirme para que me lastimen, así que seguiré con mi vida como si él nunca fuera parte de ella.

Sé que estoy rota, pero me merezco más.

Entro a clase con unos minutos de sobra y encuentro mi asiento al frente del salón. Respiro aliviada sabiendo que, aunque ya no llego aquí quince minutos antes, todavía puedo encontrar mi asiento vacío. Al menos algo se ha mantenido constante.

La clase ya está llena, y miro hacia adelante, esperando que comience el profesor. Por el rabillo del ojo, veo a Colton entrar. Se ve tan hermoso como siempre, pero me obligo a dejar de mirar. Espero a que se dirija a su asiento normal, pero en su lugar comienza a caminar en mi dirección.

—Disculpa —dice mientras se para frente a la chica a mi derecha.

—¿Sí? —dice con coquetería, y no puedo evitar sentir celos. Sin embargo, no tengo derecho a hacerlo, porque él no es mío. En realidad, nunca lo fue.

—¿Te importa si cambiamos de asiento? Tengo un pequeño problema para ver desde atrás.

Mi respiración se acelera.

—¡Por supuesto! —dice la chica emocionada. Apuesto a que se siente bastante especial porque él le habló.

—Gracias —dice y deja sus cosas junto a las mías.

Soy tan consciente de él que se siente como si el aire crepitara con tensión.

—No puedes seguir haciendo esto —me susurra mientras el profesor comienza a hablar de citaciones. Lo ignoro.

—Necesito hablar contigo —insiste Colton.

—Estamos en clase —digo.

—Me importa un carajo.

—¿Señor. Hunter, Señorita Collins, les gustaría que les diera un segundo para terminar su conversación?

Siento que la atención de la clase se mueve del profesor a nosotros.

—No, todo listo —respondo, avergonzada de que nos haya llamado.

—Vas a tener que hablar conmigo —dice Colton después de que Clift sigue adelante. Por mucho que me duela, mantengo la vista en la pizarra, fingiendo tomar notas de lo que dice el profesor, fingiendo que mi corazón no se rompe.

Colton sigue sentado a mi lado en todas las clases que tenemos juntos. Cada vez que cambio de asiento, con la esperanza de que deje de intentar explicarme porque no quiero escucharlo. Hoy, decidí sentarme en la última fila, esperando que su excusa de no poder ver no funcionara y dejara de seguirme.

—Háblame —dice mientras toma asiento a mi lado.

—No hay mucho de qué hablar.

—Mierda. No me acosté con ella, sabes que nunca querría hacerlo.

—¿Cómo sé eso? ¿Cómo sé que no te has acostado con toda la población femenina? —Escupo de vuelta.

—No lo he hecho. Déjame explicarte.

—No.

—¿Por qué no?

Porque yo podría creerte.

—Porque es mejor así.

—¿Mejor para quién? —me pregunta, su tono acusatorio.

—Mejor para los dos. Puedo concentrarme en la escuela y... y tú puedes concentrarte en tu familia, tal vez conseguir una novia que esté en tu liga para no engañarla.

—¿Qué *diablos* significa eso?

—¿Qué parte?

—La novia de mi liga —dice inexpresivo, y me sonrojo.

—Eres el mariscal de campo de uno de los mejores equipos universitarios. Eres literalmente de un mundo diferente al mío. Creo que te iría mejor con alguien con quien puedas desfilar sin vergüenza.

—¿De dónde viene esto? —dice, sin negar que estaría mejor con alguien como él.

—Simplemente tiene sentido. El chico popular y la chica nerd tímida nunca funcionan. —Esta no es la conversación que quiero tener, pero si consigue que se detenga, entonces tengo que hacerlo.

—¿Crees que no puedo desfilar contigo? —me pregunta.

—Creo que te iría mejor con exhibir a alguien que te haga lucir mejor y satisfaga tus necesidades —me burlo.

—Mia, no solo me haces ver mejor, me haces mejor.

No respondo.

—Mia Collins y señor Hunter, si creen que no puedo ver que ustedes dos están teniendo su propia conversación, claramente están equivocados. ¿Les importaría compartir con el resto de nosotros lo que es tan importante que no puede esperar hasta que termine la clase? —pregunta el profesor, y todos los ojos se giran hacia nosotros.

—Nada —respondo, deslizándome en la silla para esconderme de las miradas curiosas.

—En realidad, me encantaría —dice Colton, y mis ojos se conectan con los suyos de inmediato, preguntándome qué va a hacer.

—Por favor, continúe —dice el profesor, desafiando a Colton.

—Bueno, le estaba diciendo a la Señorita Collins que estoy enamorado de ella. Que ninguna otra chica podría acercarse a lo que siento por ella. Y sería un honor tomar su mano y que el mundo sepa que ella es mía y yo soy de ella.

¿Enamorado?

Jadeos de asombro reverberan a través del aula.

—Quería saber si a ella le gustaría ser mía formalmente —dice, tomando asiento una vez más.

El profesor Clift se ríe y me mira.

—Entonces, Señorita Collins, estoy seguro de que todos están interesados en saber cuál es su respuesta. Esta es la primera vez que escucho del señor Hunter pidiendo algo. Debes ser muy especial.

No puedo creer que el profesor no esté molesto por la interrupción. Me sorprende aún más que lo esté fomentando.

Miro alrededor del salón, viendo las expresiones de mis compañeros de clase. Muchos parecen divertidos, algunas están celosas y otros simplemente están sorprendidos. Encuentro a Abbigail mirándome con un gruñido e inmediatamente me pregunto si su plan era hacerme creer que él había estado con ella.

Miro a Colton mientras me devuelve la mirada. Esperando que le conteste. Sus ojos me desafían a desafiar sus palabras, a negarlo.

—Yo... — comienzo.

—¿Sí? —me pregunta, mirándome esperanzado.

Puedo sentirme cediendo, cada palabra suya es exactamente lo que necesito. Antes de ceder, agarro mis cosas y salgo de la clase.

Ni siquiera he dado tres pasos fuera del edificio cuando Colton me alcanza y me detiene. Lo miro.

—Has dicho tu parte. Ahora escucharás la mía —dice.

Odio que me digan qué hacer con pasión, pero mis pies permanecen plantados en el suelo, a pesar de que mi cabeza me grita que me vaya. Realmente no necesito este drama en mi vida, pero mi corazón, el que me ha estado empujando en la dirección opuesta cada día más, me dice que me quede y lo escuche. Y como todos los clichés, lo hago. Me detengo y me vuelvo hacia él con lágrimas en los ojos.

—Escucha, no sabía que Abby estaba allí.

—¿Pensaste que se iría inmediatamente después de que tuvieras sexo con ella?

—No, eso no. Nosotros... yo... yo no dormí con ella. No me he acostado con ella durante meses. Nos detuvimos antes de conocerte.

Si espera que yo crea esto, debe estar loco. Seco las lágrimas de mi rostro porque no lo vale.

Continúa sin dejarme interrumpir.

—No sé si te has dado cuenta, pero eres la única chica para la que tengo ojos.

Toma mi mano, impidiéndome alejarme. Quiero alejarme, pero incluso ahora, incluso aquí, su toque me calma y me hace olvidar la tormenta que ha azotado mi vida.

—Puedes preguntarles a todos los chicos si quieres. Escucha, Abbigail está celosa de ti. Está celosa porque me hiciste hacer lo que ella nunca pudo hacer. Me hiciste querer ser fiel, ser mejor, ser tuyo y solo tuyo. Te lo juro, cariño, no sabía que ella estaba en mi habitación.

En el momento en que llegué a casa después de verte, ayudé a los chicos a preparar la fiesta. Luego corrí escaleras arriba para ducharme. Debo haber olvidado cerrar la puerta. Salí del baño y allí estaba ella. Le tiré la ropa, la eché a patadas y le dije que me dejara en paz.

Las palabras salen volando de su boca como si tuviera miedo de que no lo deje terminar.

—Bajé las escaleras y los chicos me dijeron que habías estado arriba, pero saliste llorando. Y joder, si eso no dolió. La idea de perderte duele más de lo que pensaba. Eres dueña de mí, Mia. Eres dueña de cada parte de mí, y sin ti, no puedo respirar.

Por favor créeme. Me haces ser mejor. Nunca he sido tan abierto con alguien como contigo. Nunca tuve a alguien que me dijera que iban a estar ahí para mí en todos los sentidos. Te ofreciste a hablar conmigo cada vez que necesitaba a alguien con quien hablar. Ya sea a altas horas de la noche o temprano en la mañana. Me hiciste fácil confiar en ti. Y ahora mismo, cariño, más que nunca, necesito que confíes en mí. Necesito que me creas.

Quiero decirle que le creo. Lo hago. Pero no sé si es porque realmente lo hago o porque mi corazón quiere que lo haga. Somos tan diferentes que incluso si, y eso es un gran sí, él no se acostó con ella, sé que no puedo darle lo que quiere. Hay tantas otras que podrían hacerlo. Incluso si está diciendo la verdad, esto, nosotros dos, no lo lograremos. Entonces, dejo que mi mente tome el control en lugar de mi corazón.

—No te creo —digo en voz baja y me alejo.

25

MIA

—Mía, espérame —oigo decir a una chica detrás de mí mientras camino a clase dos días después. Sigo caminando. Mia es un nombre común.

—¿Puedes dejar de caminar tan rápido? —dice la chica de nuevo, y sé que me está hablando. Giro sobre mis talones y veo a Kaitlyn venir hacia mí. El viento hace que su cabello vuele por todo su rostro, pero aun luciendo tan hermosa como siempre. Supongo que viene de familia.

—No pensé que supieras mi nombre —le digo mientras se acerca a mí. Respira como si acabara de correr un maratón.

—Me lo merezco —dice, mirándose los pies.

—Está bien. La mayoría de la gente no sabe quién soy.

—Solo quería decir algo.

La miro con impaciencia.

—¿Podrías escupirlo? Tengo que irme —digo, mirando detrás de ella para ver si su hermano está en algún lugar a la vista.

—¿Buscando a Colton? —pregunta, siguiendo mis ojos.

—Buscando evitarlo —digo honestamente.

—No se acostó con ella.

Pongo los ojos en blanco.

—Por supuesto que no —respondo con sarcasmo.

—En serio, no lo hizo.

—¿Por qué debería creerte? Eres su hermana. —Definitivamente una fuente poco confiable.

—Deberías creerme porque soy su hermana, porque lo conozco mejor que nadie, excepto quizás Nick.

Aparentemente no lo suficientemente bien como para darse cuenta de que se ha estado golpeando a sí mismo por un secreto familiar que tuvo que guardar.

—Conozco a Abbigail. He estado viviendo en la misma casa que ella durante los últimos dos años —dice disgustada, como si vivir con Abbigail fuera lo peor que haya tenido que hacer. No estoy en desacuerdo.

—Ustedes son como mejores amigas —le recuerdo.

—Oh, Dios, no. Ella es una perra.

—Entonces, ¿por qué sales con ella?

¿Por qué estoy entreteniendo esta conversación? Necesito ir a clase y luego irme a casa donde puedo tomar el batido especial de Kiya Oreo mientras me deprimo.

—Porque ser amable con ella era la única forma en que podía ser parte de DM.

—No sé si vale la pena tratar con ella por estar en una fraternidad.

—¿No es esa la verdad? —Ella murmura—. De todos modos, quería decirte que no durmieron juntos. Abbigail mintió. Anoche les dijo a las chicas que ella entró en la habitación de Colton esa noche. Ella dijo que lo iba a seducir e intentaría que se entregara a sus encantos, pero entraste y la viste. Se estaba riendo de que su plan no podría haber sido mejor, y ahora que estabas fuera de escena, iba a intentar volver a hacerlo.

No puedo creer las palabras que salen de su boca. Borra eso, puedo.

—¿Estás diciendo que Colton no durmió con ella esa noche?

—Tenían algo antes, pero él lo terminó. No la quería y no la quiere ahora. Abbigail lo sabía y se sintió amenazada. —Ella se encoge de hombros—. Entonces, yo quería que supieras que la forma en que veo a mi hermano hablar de ti, la forma en que los chicos se burlan de él y él responde, sé que él siente algo por ti. Sentimientos reales. Por lo general, está cerrado, pero ahora mismo todos podemos decir que está sufriendo.

—Oh. —No sé qué decir.

—No te rindas con él, todavía no.

—Yo... —¿Qué se supone que debo hacer?

—Y Mia, gracias por apoyarme esa noche en Eclipse.

—No hay problema —digo, finalmente encontrando palabras para responder.

—Lo siento, me tomó tanto tiempo tener el tuyo —dice, alejándose.

Me siento al frente del salón de clases, esperando que comience la clase y reflexionando sobre todo lo que Kaitlyn me dijo hace unos minutos. Estoy esperando a que Colton vuelva a sentarse a mi lado cuando entre, pero no lo hace. Lo veo caminar hacia la parte de atrás de la clase y me obligo a no mirar en su dirección.

DESPUÉS DE LA CLASE, COLTON ME DETIENE FUERA DEL salón y me lleva a un rincón tranquilo.

—Necesito que entiendas que no quiero tener nada que ver con Abbigail o con cualquier otra chica de esta escuela. —Miro mis zapatos y él levanta mi barbilla para encontrarme con sus ojos, los que han resonado conmigo desde el día que lo conocí. Los que encierran tanta promesa, dolor, poder y, en este mismo momento, esperanza.

—Desde el primer día que te conocí, supe que eras diferente y me gusta quién soy cuando estoy contigo. Te amo y solo a ti, y creo que tú también me amas. Solo necesitaba que lo supieras porque cada beso que hemos compartido me hizo sentir como si fueras mía. —Enjuga la lágrima que no me había dado cuenta de que había caído—. Me perteneces. Soy tuyo y solo tuyo. ¿Eres mía, Mia? ¿Podrías ser mía? Porque cada vez que digo tu nombre, se siente como si lo fueras.

—Yo... —No sé cómo responder porque soy de él—. Confío en ti, te conozco. Y sí, te amo. Sé que no te acostaste con ella y lamento no haberte creído.

Su rostro se ilumina con una sonrisa. Me levanta, sosteniéndome con fuerza contra su pecho.

—Sabes, cada vez que digo tu nombre, sonrío porque significa mío y eso es todo lo que siempre quise que fueras.

—Eres cursi —bromeo, mi corazón se dispara, mis preocupaciones olvidadas.

—Pero me amas. Acabas de decir eso —me dice con una sonrisa.

—No pensé que fueras tan moñas.

Da golpecitos en la punta de mi nariz con su dedo índice.

—Yo tampoco me identifiqué como del tipo amoroso, pero tú lo sacas a relucir en mí.

—¿Eso significa que ahora somos novios? —pregunto, un poco avergonzada. Tal vez no quiera etiquetarlo, pero las etiquetas funcionan para mí. Me ayudan a descubrir cuáles son las expectativas.

—Sí, ahora somos novios —él responde, sus labios chocando con los míos. Cuando estoy con Colton, todo lo que siento es comodidad, amor, cuidado y todo lo que es bueno en la vida. Me levanta como si no pesara nada mientras continúa devorándome. No se intercambian palabras entre nosotros. Ninguna es necesaria. El beso lo dice todo.

COLTON

—Mi papá regresó —dice Mia mientras estamos acostados en mi cama al día siguiente.

Me incorporo y me apoyo en la cabecera.

—¿Qué quieres decir con que regresó? ¿Cuándo?

—Bueno, estaba de camino a tu casa la noche de la fiesta cuando apareció mi papá.

—¿Qué quería él?

Escucho en asombrado silencio mientras ella relata su conversación.

—Y luego corrí a tu casa lo más rápido que pude.

—¿Por qué no dijiste algo anoche? —le pregunto, jugando con su cabello mientras se acuesta en mi pecho. Todavía no puedo creer que estemos juntos. Anoche volvimos a la casa, quitamos las sábanas de la cama y las tiramos. Luego nos acostamos y hablamos, hablamos sobre cuándo comenzamos a sentir el uno por el otro y sobre cada recuerdo que hemos creado.

—Esa noche empezó muy mal, pero terminó bien. No quería arruinarlo.

—Nena, estuviste ahí para mí cuando más te necesitaba. Tú fuiste quien me dijo que tenía que hablar y confrontar a mis padres. Compartir tus problemas conmigo no arruinará nada; simplemente nos fortalecerá.

—¿Nena, es ese mi nombre de mascota oficial?

—Uno de muchos —digo—. ¿Qué quería tu papá?

Ella está callada por un momento.

—Quería que empezáramos de nuevo, una segunda oportunidad. También quería que conociera a mi nueva hermana.

—¿Tu nueva qué? ¿Qué dijiste?

—Hermana. Es una historia larga, pero la versión corta es que él estaba con otra mujer antes de que mi mamá falleciera y el resto es historia. Honestamente, no me sentía con ganas de darle una segunda oportunidad, pero ahora que lo pienso, creo que lo intentaré. Es mejor intentarlo que lamentarlo, ¿verdad? —pregunta, buscando una confirmación en mis ojos.

—Si te vas a pasar la vida preguntándote cómo sería una relación con tu padre y tu nueva hermana, entonces sí, creo que deberías intentarlo.

—Dice que ha cambiado.

—La gente puede cambiar.

—Eso espero —dice, y sé que no solo se refiere a su padre, sino también a mí.

—Créeme.

—Siempre. Lo siento, si no lo hice antes.

—No tienes que disculparte. Hice una reputación para mí. Soy el único culpable. Me alegro de que me hayas dado una oportunidad.

—Bueno, tu hermana me ayudó.

—¿En serio? —pregunto, preguntándome qué diablos había hecho mi hermana.

—Sí. ¿Dijo algo sobre que suspirabas por mí?

—Exageraciones —digo en broma. Sin embargo, mi hermana tenía razón. Creo que también podría haber comprado algunas pintas de helado.

—¿Como esta tu familia? —ella pregunta vacilante, pasando sus dedos por mi pecho.

—Seguí tu consejo —respondo.

Ella levanta la cabeza ligeramente, buscando mis ojos.

—¿Qué consejo?

—Fui honesto.

—¿Hiciste qué? —dice, disparando en posición vertical.

—Le dije todo a mi padre.

—¿Y? —pregunta, la preocupación se refleja claramente en sus ojos.

—Dijo que lo manejaría. —Y él lo hizo.

—¿Cómo?

—La amenaza de Adaline fue infundada. Le hicieron una prueba de paternidad cuando nacieron Kaitlyn y Nick porque él sospechaba incluso en ese entonces que mi madre lo estaba engañando. Mi hermano y mi hermana son suyos.

—¿Estas bien?

—Estoy bien.

—¿Y tu madre?

—¿Qué hay de ella?

—¿Dijo algo para defenderse?

—Mi padre solicitó el divorcio. Él está siendo generoso al darle suficiente dinero para mantener su estilo de vida, aunque no tenía que hacerlo ya que su infidelidad era una condición del acuerdo prenupcial.

—¿Dónde está ella ahora?

Suspiro profundamente.

—Realmente no lo sé. Realmente no me importa, para ser honesto. Me alegro de que se acabara.

—Yo también —dice, y baja su boca a la mía. Tomo el control del beso, haciéndola gimotear. Silenciosamente pido más, y ella me lo da, y con su aquiescencia, tengo la misma sensación que tuve desde la primera vez que mis labios tocaron los suyos: la confirmación de que ella fue hecha para mí.

—¡M, date prisa! —grita Kiya—. ¡Nos vamos a perder el comienzo del partido!

—Ya voy, ya voy. Respira, chica.

—No me digas que respire —ella responde indignada—. Y sal del baño ya.

Termino el último rizo, apago la pinza y salgo del baño de la habitación del hotel.

—Está bien, estoy lista. ¿Qué opinas? —Doy vueltas para que vea bien lo que llevo puesto: jeans, botas y una camiseta con el número 12, que llevo puesto porque amo a Tom Brady y el Campeonato Nacional es en el Estadio Gillette. Pero también, porque resulta ser el número de Colton.

Kiya silba.

—Colton se va a volver loco, no podrá concentrarse en el juego.

—No, claro que no. —Me río, aunque el factor sorpresa es exactamente lo que estoy buscando.

—Es un cavernícola. Llevar su camiseta le está haciendo saber que le perteneces. ¡Estás agregando leña al fuego que ya está ardiendo!

—Nos pertenecemos el uno al otro —la corrijo—. Es lo menos que puedo hacer. Este es mi primer juego.

—Y el último del año, ¿podemos apresurarnos y llegar a tiempo? Por cierto, ¿por qué te saltaste todos los juegos? —ella agrega.

—Porque no me gustaba mucho el fútbol universitario.

Ella levanta las cejas de manera sugerente.

—Supongo que ahora tienes interés.

—Tú eres la indicada para hablar seguramente, Sra. Miller —le digo, señalando su camiseta, que tiene el apellido de Blake en la espalda.

Ella guiña un ojo.

—No soy la señora Miller todavía.

—¿Las cosas se están poniendo serias entre ustedes dos?

—Si no lo fueran, no estaría usando su nombre. —Me mira fijamente, como si estuviera exactamente en el mismo barco.

Y yo lo estoy.

Desde nuestra pelea y posterior reconciliación, Colton y yo hemos estado más unidos que nunca, pasando tiempo juntos siempre que podemos: noches de películas, abrazos, sesiones de besos. ¡Oh, las sesiones de besos! Despertar a su lado todas las mañanas es algo a lo que definitivamente puedo acostumbrarme.

Nuestra relación ha cabreado a más personas de las que debería. Desde que entramos en clase tomados de la mano, el rumor se ha extendido rápidamente. Para cuando salimos de clase, la mitad de la escuela sabía que estábamos saliendo. Las cosas se han calmado un poco ahora, especialmente con la emoción por el próximo juego. Los que odian todavía odian, pero tengo a mi hombre y eso es todo lo que importa.

Kiya y yo caminamos la corta distancia desde el hotel hasta el Estadio Gillette y parece que toda nuestra escuela ha venido a apoyar al equipo. Los estudiantes caminan en grupos de varios tamaños, todos en dirección al estadio, todos zumbando con una energía apenas contenida. No los culpo. El entusiasmo por este juego comenzó cuando el equipo llegó al Campeonato Nacional. Por suerte, el partido del Campeonato se juega en un estadio a un par de horas de la escuela, lo que explicaría por qué veo más azul y blanco que el morado y blanco del otro equipo.

Mientras caminamos, todos cantan el himno, algunos con la cara pintada, algunos con camisetas con el número de Colton en la espalda y, por un momento, me siento como una más entre la multitud. Eso es hasta que recuerdo lo que me dijo anoche, y nuevamente esta mañana.

—Ya gané porque te tengo a ti, Mia.

Kiya y yo nos perdemos en la emoción, ambas un poco más apasionadas que el resto porque mientras ellos estarán mirando y animando al equipo, Kiya y yo animaremos a nuestros novios.

Llegamos al estadio justo a tiempo. Al encontrar nuestro camino hacia las gradas, seguimos las señales hasta nuestros asientos en la línea de cincuenta yardas, lo que nos brinda una vista increíble de todo el campo. Me quedo ahí, asombrada de lo grande que son nuestros asientos y lo grande que es el estadio. El equipo favorito de Colton y el mío juegan aquí. Miro a mi alrededor y veo a algunos de los chicos y chicas de la clase, y recuerdo que Colton dijo que, aunque no teníamos palcos, los jugadores lograron conseguir entradas para sus familiares y amigos en la misma sección.

A mi lado, un hombre dice—: Me alegro de que hayas podido venir. Tú debes ser Mia. —Lo miro, momentáneamente sin palabras. Debe ser el padre de Colton si la altura, los ojos y el asombroso parecido son algún indicio.

—¿Como supo?

—Oh, ya sabes —se encoge de hombros—. Puede que no seas la única que lleva su camiseta, pero eres la que se sentará a mi lado. Además, la descripción que hace Colton de ti es acertada.

Me sonrojo por su comentario.

—Sí, señor, usted debe ser el señor Hunter.

—William. Es un placer conocerte finalmente —dice, y extiendo mi brazo listo para estrechar su mano. Lo mira y sonríe—. Por las muchas veces que he escuchado a Colton, Nick y Kaitlyn hablar de ti, está claro que ahora eres parte de la familia. Entonces, quita esa mano y dame un abrazo adecuado.

Me atrae para un abrazo, y es muy paternal, reconfortante.

Le presento a Kiya y todos nos sentamos.

Hacemos una pequeña charla, charlamos sobre fútbol, la universidad y las típicas preguntas *para llegar a conocerte*. Mientras hablamos, veo que muchas de las cualidades de Colton provienen de su padre, incluida su sonrisa, que me permite vislumbrar una versión mayor de Colton. Puedo decir que la vejez será buena para él.

Sé que debe haber sido difícil para William lidiar con la infidelidad de su esposa, pero tenerla fuera de escena solo ha mejorado su relación con sus hijos. Ha pasado más tiempo con ellos y parece que esta debacle fue exactamente el tipo de llamada de atención que necesitaba para apreciar el tiempo que pasa con ellos.

27

He intentado mantener la calma, dar una buena impresión desde que el padre de Colton está sentado a mi lado, pero me di por vencida después del primer cuarto. Ver al equipo contrario atravesar nuestra línea ofensiva y capturar a Colton cinco veces me entusiasma. Estoy segura de que no tendré voz mañana con todos los gritos que estoy haciendo, pero eso no me impide hacerlo.

Para mi sorpresa, después del segundo cuarto, me acompañan Kiya y el padre de Colton en la línea lateral entrenando y arbitrando, cada uno de nosotros gritando a todo pulmón.

En el entretiempo, todavía estamos veintiún puntos abajo. Entro, tomo unos refrescos para todos y rezo para que cualquier charla que tenga el entrenador con el equipo los transforme en mejores jugadores. No es un mal equipo, pero sus oponentes son duros y los han estado pateando por el campo, explotando sus debilidades.

El tercer cuarto comienza de la misma manera, y puedo sentir la energía que una vez consumió el estadio disminuir. Inmensamente. Todos ya han perdido la esperanza, pero una anotación en los últimos minutos del tercer cuarto restaura un poco la fe.

En el último cuarto, nuestro equipo ha hecho una remontada increíble. La puntuación es 28-21, y aunque hemos llegado hasta aquí, todavía estamos siete puntos abajo con solo tres minutos en el reloj. La ofensiva del equipo contrario entra en el campo y, a menos que tengamos una pérdida de balón, es poco probable que tengamos la oportunidad de anotar nuevamente.

El mariscal de campo del equipo contrario lanza un pase por el medio a uno de sus receptores, pero es interceptado por el número treinta y dos. A mi lado, Kiya salta de su asiento y anima a Blake mientras corre el balón hacia la zona de anotación. Lo taclean en la yarda veinte del otro equipo, y aunque una anotación hubiera sido genial, esta jugada fue una respuesta a mis oraciones; la intercepción nos ha devuelto al juego.

Se llama a la pausa de los dos minutos. El balón se encaja a Colton. Se lo pasa a Ian, quien luego lo lleva a la zona de anotación.

—¡Gol! —el locutor grita, y la multitud se vuelve loca, saltando y vitoreando. Nuestras posibilidades de ganar están en su punto más alto.

La puntuación es veintisiete a veintiocho con sólo quince segundos en el reloj de juego. El pateador, Jesse, sale al campo junto con los otros jugadores. Todo lo que tiene que hacer es patear el balón a través de los postes y conseguirnos ese punto extra que empata el juego. Con suerte, podemos llevar el juego al tiempo extra a partir de ahí.

Los jugadores se colocan en posición y el balón se encaja en el soporte. Jesse se prepara para la patada, pero en lugar de que el titular coloque el balón en su lugar, lo finge y lo corre hacia el lado izquierdo del campo. La pelota se pasa a Nick, quien la corre las últimas yardas hasta la zona de anotación. La conversión de dos puntos es nuestra, lo que nos da nuestra primera ventaja en el juego.

La multitud grita de emoción y comienza a fluir hacia el campo cuando el Hail Mary del equipo contrario, lanzado cuando el reloj se acaba, es cerrado por Chase.

Nuestro equipo ha ganado.

¡Ganamos!

El papá de Colton sonríe mientras apoya a sus hijos. Kiya y yo estamos allí con él, ambos abrumadas de orgullo por lo que han hecho, el increíble juego que han jugado nuestros novios.

COLTON

—¡HOMBRE, GANAMOS! —ZACK GRITA MIENTRAS TODOS corremos hacia la zona de anotación para encontrarnos con Nick. Los aficionados se han levantado de sus asientos y corren hacia nosotros a toda velocidad. Es un charco de blanco y azul. Llego a donde están el resto de los chicos y le doy una palmada en el hombro a Nick. Estos hombres aquí hicieron todo lo necesario. Jugaron con todo su corazón, nunca se rindieron. No podría estar más orgulloso de haber jugado este juego con ellos.

Siento que estoy en la cima del mundo. El zumbido, los fanáticos gritando, la puntuación final en el tablero. Mierda, hasta el olor del campo me hace sentir vivo. Pero puedo decir que falta algo... No, no es algo. Alguien.

Miro el asiento donde sé que está mi chica y empiezo a caminar hacia ella. Algunas personas me dan una palmada en la espalda. Algunos me piden que les firme mercadería o partes de su cuerpo. Algunos incluso piden tomar una foto. Normalmente, a lo mejor gruñiría y seguiría moviéndome, pero estoy emocionado y nada puede arruinar mi estado de ánimo.

De repente, una reportera me pone un micrófono en la cara.

—¡Colton, hiciste un regreso increíble!

—Nuestro equipo lo hizo —corrijo.

—Parecían listos para tirar la toalla al final de la primera mitad. ¿Qué les dijiste para que volvieran al juego? —ella presiona.

—Solo les dije que no había terminado hasta que se agotara el tiempo —respondo. Mis ojos están enfocados detrás de ella hacia donde sé que Mia está.

—¿Cómo planeas celebrar esta victoria?

Miro hacia atrás al reportero.

—Con mi equipo y con mi familia.

—¿Crees que te convertirás en profesional?

Evito su pregunta, mi atención una vez más en llegar a Mia.

—Soy muy afortunado de tener la oportunidad de jugar ahora mismo.

—Puedo ver que estás buscando a alguien entre la multitud. ¿Tienes a alguien especial para quien jugaste? —pregunta la reportera, tratando de seguirme mientras camino.

—Jugué para mi chica —le digo, con una sonrisa de idiota en mi rostro. No puedo evitarlo. La reclamaré como mía siempre que pueda. Mierda, llamarla mía es algo que he esperado mucho tiempo para hacer, y el hecho de que pueda hacerlo libremente ahora me convierte en el bastardo más afortunado del mundo.

Acelero el ritmo, dejando atrás a la reportera y sus preguntas. Me encuentro corriendo, desesperado por llegar a ella. No hay nadie más con quien prefiera compartir este momento. Llego a la línea de cincuenta yardas y la encuentro, de pie de espaldas a mí hablando con mi padre y Kiya. Me da la oportunidad de ver mi apellido impreso en su espalda. Salto sobre el pequeño muro que nos separa.

—Un día, mi apellido no estará solo en la parte de atrás de tu camisa —le digo, envolviendo mis brazos alrededor de su cintura y acercándola.

Ella se da vuelta y sonríe.

—¿Oh sí? —Sus ojos se fijan en mi uniforme y puedo decir que le gusta lo que ve. Pasa sus dedos sobre mi pecho, deteniéndose por un momento antes de dejar caer su mano.

—Si me dejas, pronto seguirá a tu nombre de pila.

—Mia Collins-Hunter, me gusta cómo suena. ¿Serías Colton Hunter-Collins?

—Si aceptas ser mía, seré lo que tú quieras que sea.

—Mi amor, ya he aceptado ser tuyo. Te amo —ella me dice.

—Te amo, Mia. —La atraigo hacia mí, besándola lentamente al principio antes de que mi necesidad aumente y nos perdamos en el momento. Con este beso perfecto, me hace olvidar que estamos en un lugar público. Rompo nuestra conexión, ahuecando su rostro entre mis manos. Miro sus hermosos ojos, preguntándome cómo tuve tanta suerte.

—Eres tan preciosa para mí. —Beso sus labios una vez más, luego su nariz y finalmente su frente—. Mia, todo está mejor contigo.

EPÍLOGO
COLTON

PONGO MI MANO SOBRE LA RODILLA DE MIA PARA EVITAR que la siga moviendo.

—Nena, cálmate.

—¡Lo dices como si quisiera estar nerviosa! No tengo otra opción.

—Sí, es sólo una cena como cualquier otra.

—Sí, como cualquier otra —se burla de mí, y no puedo evitar sonreír.

—Lo es, nena.

—Es en la casa de tu papá.

—¿Sí y? —pregunto entrando en el camino de entrada de mi padre. Por primera vez en mucho tiempo, estoy feliz de estar en casa. Feliz de pasar tiempo con mi familia y feliz de tener a mi chica aquí conmigo.

—Son las personas más importantes de tu vida —ella grita prácticamente mientras apago el carro.

—Ya los conoces.

—Sí, pero no todos al mismo tiempo. Y no como...

—¿Como la persona más importante de mi vida? —pregunto, citando sus palabras anteriores mientras miro a mi hermosa novia. Novia no parece una palabra adecuada para describirla. Se parece más a mi pareja y tengo mucha suerte de tenerla. Qué suerte que decidió darme una oportunidad porque, aunque no puse una mano sobre Abbigail, todavía no soy digno de Mia.

No creo que lo sea nunca, pero eso no me impedirá tratar de ser lo suficientemente bueno para ella todos los días hasta que no me queden días.

—No, como tu novia conociendo a las personas más importantes en tu vida —dice y tomo su mano antes de que me golpee en el hombro.

—Nena, ellos lo saben. Conociste a mi papá y él cree que eres buena para mí. Has conocido a Nick, y estoy seguro de que si no fuera porque eres mía y él sabe que lo mataría, él estaría tratando de hacer los movimientos contigo — digo, acercando mis labios a su mano y colocando un beso allí. —Y Kaitlyn, bueno, si no le agradaras, no te hubiera rogado que me tomaras de regreso —le digo tratando de calmar sus nervios. Realmente no sabe lo que le espera cuando entre.

—¿Prometes que todo estará bien? —ella pregunta, y veo la vulnerabilidad en sus ojos. Sé lo importante que es la familia para ella. La familia lo es todo para esta hermosa chica sentada a mi lado. La que creía que podía hacerlo todo sola, pero cuando su padre llamó a la puerta, ella también se abrió a una relación tentativa con él. Desde entonces conoció a su hermana pequeña e incluso a la nueva mujer en la vida de su padre.

El corazón de esta chica es tan grande que no es de extrañar que haya hecho espacio para mí.

—Te lo prometo —le respondo, besando su frente.

—Está bien, hagamos esto —dice llena de esa determinación que amo. Salgo del carro y corro a su lado.

—Sabes que no tienes que abrirme la puerta todo el tiempo —dice. No respondo. En cambio, acerco mis labios a los de ella, dándole algo de fuerza mientras ella me da lo mismo.

MIA

—¿Podrían ustedes dos dejar de besarse en el camino de entrada de papá y entrar? ¡Tengo hambre! —Rompo el beso y veo a Nick mirándonos desde la puerta principal.

—Vete a la mierda —responde Colton, llevando sus labios a los míos una vez más.

—Cuida tu boca —dice el padre de Colton, y rompo el

beso de inmediato. William está de pie detrás de Nick, su brazo descansa sobre el hombro de su hijo mientras observa a Colton con un brillo en sus ojos. Puedo ver el amor que siente por su hijo y el orgullo que siente es palpable.

—Continuaremos con esto más tarde —susurra Colton en mi oído, sosteniendo mi mano mientras entramos. Seguimos a Nick y William y nos dirigimos a lo que creo que es el comedor.

—¡Feliz cumpleaños! —Todos gritan a la vez y veo que la habitación está llena de globos y adornos. Incluso hay un pastel gigante en medio de la mesa.

Me vuelvo y miro a Colton, cuya hermosa sonrisa me hace sentir mil veces más feliz.

—¿Como supiste?

—Puede que le deba algunos favores a Kiya.

Por supuesto que ella le dijo. Mi compañera de apartamento ha estado en el equipo Colton desde el principio. Me pongo de puntillas, acortando la distancia entre nosotros para mostrarle lo agradecida que estoy por esto. Por lo mucho que se preocupa por mí y cómo lo demuestra. El último cumpleaños que tuve fue después del fallecimiento de mamá, y ese no era digno de celebración.

—Está bien, eso es suficiente. ¡Guárdenlo para la noche de bodas! —William dice desde el otro lado de la habitación, y las mariposas contra las que luché tan duro al principio comienzan a revolotear dentro de mí.

—¡En serio, pido ser dama de honor! —Kaitlyn interviene, sonriéndome. Ambas sabemos que tendría que luchar contra Kiya por ese papel. Me sorprende lo mucho que nos hemos acercado Kaitlyn y yo. Se distanció de Abbigail después de que Abbigail trató de fastidiarnos a su hermano y a mí. Todo lo que Kaitlyn necesitaba eran buenas amigas, y lo ha encontrado en Kiya y en mí.

—¡Y yo el padrino! —Nick agrega, señalándose a sí mismo.

—¿Podemos casarnos mañana? —pregunta Colton. Pongo los ojos en blanco. Si bien no nos casaremos mañana, sé que acabamos de comenzar y no tengo ninguna duda de que, en el futuro, este hombre y yo seguiremos juntos.

—No —le digo, riendo. No puedo creer que esta sea la conversación que estamos teniendo en este momento.

—Muy pronto. Estoy envejeciendo y necesito algunos nietos —dice el padre de Colton, y todos ríen a carcajadas.

—Pronto —le asegura Colton a su padre y mi corazón se derrite.

Miro a mi alrededor no solo a la decoración de la habitación, sino también a la gente. Las personas que he conocido en diferentes momentos, que han tenido dificultades para superar. Las personas que podrían haber sido destrozadas por la vida, pero de alguna manera fueron resistentes y se han mantenido unidas.

—Muchas gracias a todos por esto.

—Eres de la familia —dice Nick.

—Eres uno de nosotros —agrega William, haciéndose eco del sentimiento de su hijo.

—Ya sabes que Colton te convertirá en la Sra. Hunter —agrega Kaitlyn, haciéndome sonreír.

—Ya eres una Hunter. Lo has sido desde el día en que te vi por primera vez —termina Colton y las lágrimas brotan de mis ojos porque, aunque no nos conocemos desde hace mucho tiempo, ya siento que soy parte de su vida, una parte de su familia.

—Te amo —le digo.

—Y yo te amo. Por siempre.

ACERCA DE LA AUTORA

Sobre la autora

Gianna Gabriela es una niña de pueblo que vive en la gran ciudad de Nueva York. Se considera una escritora de magníficos machos alfa y heroínas fuertes. Ha estado leyendo durante años y lo llama su adicción. Su género favorito es cualquier cosa en romance.

Y es una firme creyente de que "una habitación sin libros es como un cuerpo sin alma". Su color favorito es el negro, le encantan la mayoría de los deportes y no le gusta pintarse las uñas porque le cuesta mucho trabajo quitarse el esmalte.

Sígueme:

OTRAS OBRAS DE GIANNA GABRIELA

No es el final: Sobreviviré, Libro 1

Nada es igual, Sobreviviré, Libro 2

Sobreviviré: No es el Final & Nada es igual